숲에서
길을 묻다

숲에서
길을 묻다

초판 1쇄 발행 2021년 12월 1일

지 은 이	정재흥
발 행 인	권선복
편 집	백예나
디 자 인	김소영
전 자 책	오지영
마 케 팅	권보송
발 행 처	도서출판 행복에너지
출판등록	제315-2011-000035호
주 소	(157-010) 서울특별시 강서구 화곡로 232
전 화	0505-613-6133
팩 스	0303-0799-1560
홈페이지	www.happybook.or.kr
이 메 일	ksbdata@daum.net

값 20,000원

ISBN 979-11-5602-943-4 (03810)

Copyright ⓒ 정재흥, 2021

도서출판 행복에너지는 독자 여러분의 아이디어와 원고 투고를 기다립니다. 책으로 만들기를
원하는 콘텐츠가 있으신 분은 이메일이나 홈페이지를 통해 간단한 기획서와 기획의도, 연락처
등을 보내주십시오. 행복에너지의 문은 언제나 활짝 열려 있습니다.

생명의 숲

숲에서 길을 묻다

정재홍 지음

도서
출판 **행복에너지**

책 머리에

　잡을 수 없는 것이 세월이다. 늦은 나이에 글쓰기를 시작했다. 다 때를 놓친 결과다.

　쉽게 생각하며 수필 문학에 뛰어들었다. '붓 가는 대로 쓰면 된다'라는 말에 현혹되어 용기를 냈는데 문학 작품으로서의 수필을 쓰려니 몹시 어렵다. 쓴 글 다시 보면 서툰 문장이 마음에 들지 않아 계속하여 지우곤 하였다. 부족함을 채우려 노력하지만, 항상 현재진행형이다. 세상에 완벽함은 없다고 자위하며 글 밭에서 시간을 보내고 있다. 의욕이 앞선다고 다 잘되는 것이 아님을 알고 있다. 긍정의 에너지를 동원하여 글을 쓰다 보면 반짝이는 작품도 나오지 않을까?

　수필은 자신이 겪어온 삶을 글로 옮기는 것이니 어찌 보면 개인의 자서전에 가깝다고 볼 수 있다. 나 자신을 속속들이 보여야 하는 부담 때문에 망설임도 있었다. 그렇지만 인생에서 한번쯤은 도전해볼 가치는 있다고 판단하여 글을 쓰기로 했다. 이 책은 교직에 몸담고 있으면서 있었던 일과 퇴직 후의 생활 일부를 글로 표현했다. 마음속에는 그리움, 아쉬움, 미련, 우울함 등이 겹겹이 쌓여있다. 앞으로 나 자신을 다독거리며 지나간 추억을 들추어 못다 한 이야기를 글로 남기려 한다.

살아가며 가장 어렵고 힘든 일은 길을 잃는 것이다. 누구라도 그 길에서 조난해본 사람이라면 공감할 것이다. 어느 날 조용한 숲에서 인생의 길을 생각해보았다.

지나간 세월 뒤돌아보니 굴곡 많았던 사연들이 눈앞에 어른거린다. 한눈팔며 생활하던 마음속에는 언제나 두 마음이 버티고 있었다. 자신의 욕구와 감정을 잘 다스리지 못해 잘못된 선택을 했던 날들이 아픔으로 밀려온다. 어쩌랴. 그릇이 작은 탓이며 못난 성품 때문이다. 다 지나간 일이니 앞으로 다가올 새날에는 새마음을 담아 나를 보내야겠다. 남은 날들에는 자유로운 나그네가 되어 마음의 문을 열고 신세계를 만나자.

"감사합니다. 고맙습니다. 미안합니다."

세상에 태어나 인연이 되어 만났던 소중한 분들께 드리는 인사다. 그리고 반평생을 교직에 몸담아 함께했던 교육 가족과 제자들에게 보내는 인사다. 수필 세계를 눈뜨게 해주신 박종숙 선생님과 격려를 보내주는 문우들께 깊이 감사드린다. 수필집이 나오도록 지원해준 춘천문화재단과 출판에 도움 주신 행복에너지 권선복 대표님께 고마운 마음을 전한다.

부족한 글이 세상에 나오게 되니 부끄러움이 앞선다. 다만 이 글이 독자들의 삶에 조금이나마 위안이 되었으면 하는 바람이다.

글을 쓴다는 핑계를 달고 가정에 충실하지 못하였음을 반성하며 글을 쓰도록 힘을 준 가족에게 고마움을 전한다.

2021년 가을날 춘천 호반에서

餘筆 정재홍

목차

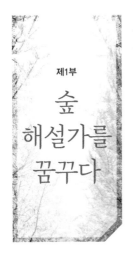

제1부

숲
해설가를
꿈꾸다

며느리 꽃

산책하며 꽃며느리밥풀을 만났다.

가지 끝에 붙은 분홍색 꽃잎 속에는 밥알 두 개가 나란히 자리 잡고 있다. 걸음을 멈추고 한참이나 그 꽃을 바라보았다. 크기로 보나 모양으로 보나 영락없이 밥알을 닮았다. 하얀 밥알을 입에 물고 있는 것처럼 보인다. 아침 이슬을 흠뻑 머금은 꽃 속에는 두 개의 밥풀이 다정스럽다. 그런데 어찌하여 꽃말에 며느리가 들어가게 되었을까?

여기에는 가슴 아픈 스토리텔링이 있다. 옛날 어느 집 며느리가 부엌에서 밥이 잘되었나 보려고 솥을 열고 밥풀 몇 알을 입에 넣다가 시어머니에게 들켰다. 시어머니는 며느리가 밥을 훔쳐 먹는다고 오해하여 때렸는데 며느리는 밥알을 입에 문 채 세상을 떠나고 말았다. 그 후 며느리 무덤가에는 하얀 밥알을 입에 물고 있는 꽃이 피어났고, 애잔한 사연을 전해들은 사람들은 그 꽃을 꽃며느리밥풀로 불렀다고 한다.

　퇴직하고 소일거리 삼아 밭을 사들였다. 작은 평수의 밭에 채소를 비롯하여 여러 종류의 농작물을 심고 가꾸었다. 매일 잡초를 뽑았지만, 다음 날 보면 여지없이 풀싹이 고개를 들고 일어났다. 맨손으로 밭 가장자리의 잡초를 정리하는데 손을 따갑게 하는 풀이 있었다. 자세히 살펴보니 잎과 줄기에 갈고리 같은 가시가 다닥다닥 붙어있다. 속상한 마음으로 그 풀들을 제거하였지만, 그 풀의 정체를 알아보지는 못했다. 식물에 관심을 가지게 되며 그 풀이 며느리밑씻개임을 알게 되었다.

　우리나라의 식물명 중에는 '며느리'가 붙은 것이 여럿 있다. 꽃며느리밥풀 외에도 며느리밑씻개, 며느리배꼽 그리고 금낭화의 다른 이름인 며느리밥풀주머니 등이 그것이다. 이 꽃들에는 공통적으로 며느리에 얽힌 슬픈 사연이 담겨있다.

며느리밑씻개의 배경설화에도 시어머니의 고약한 심술이 등장한다. 시어머니와 며느리가 밭에 나가 김을 맸는데 며느리는 갑자기 배가 아파서 볼일을 보러 갔다. 주변에 마땅한 밑씻개가 없어 시어머니께 부탁하니 시어머니는 미운 며느리에게 가시가 잔뜩 돋은 이 풀잎을 건넸다는 이야기다.

며느리배꼽은 며느리밑씻개와 비슷하여 혼동하는 경우가 있다. 자세히 보면 잎자루가 잎의 가장자리에 달리지 않고 배꼽 부근에 달려 모양새가 마치 임신한 며느리의 배를 닮았다. 주로 시골의 길가에서 자라는 이 풀을 보고 어느 시어머니가 "생긴 꼴이 꼭 우리 며느리 배꼽같이 못생겼다."라고 흉을 보면서 곱지 않은 이름을 얻게 되었다 전한다.

돈주머니를 닮은 금낭화도 아궁이 앞에서 급하게 밥을 먹다 체하여 죽은 며느리의 무덤가에 꽃이 피어나면서 밥풀꽃 또는 며느리주머니란 이름으로 불리게 되었다.

며느리에 얽힌 꽃들을 대할 때면 어머니의 모습이 떠오른다. 어린 시절 나는 할아버지가 계신 사랑방에서 지냈다. 저녁이면 이웃에 사시는 할아버지 친구 분들이 찾아와 이야기를 나누셨다. 밤이 깊어지면 마을에서 착하기로 소문난 어머니는 매일 밤참을 준비하셨다. 주로 밀가루 반죽을 밀어 칼국수를 만들어 내오시는 날이 많았다. 낮 동안의 고된 집안일로 몹시 피곤할 텐데도 잠을 이루지 못하며 밤참을 준비하느라 고생하시던 모습이 어렴풋이 떠오른다.

할아버지는 이런 맏며느리의 고달픔을 알고 계셨는지 어머니를 무척 아끼는 마음으로 매사에 이런저런 도움을 주셨다. 그 사랑스럽던 맏며느리가 산고로 인하여 젊은 나이에 세상을 떠났다. 또한 같은 해에 군에서 통신병으로 근무하던 막내아들이 감전 사고로 사망하였다. 자고 일어나면 건너편 산에 묻힌 아들과 며느리의 무덤을 바라보며 할아버지는 비통한 마음으로 고뇌의 시간을 보내셨을 것이다.

눈에 밟히는 아들과 며느리를 떠올리다 결국에는 멀리 이사를 하여 인연들을 정리하셨다. 내 나이 여덟 살이 되던 해의 일이다. 이때부터 집에는 할아버지, 아버지, 나 그리고 남동생까지 남자들만의 생활이 되었고, 어머니의 사랑을 받지 못한 동생은 자주 울었다. 딱한 사정을 보고 걱정하던 외할머니는 새어머니를 보내주셨다. 생명을 주신 어머니와 키워주신 어머니는 천국에서 어여쁜 며느리 꽃으로 피어났을 것이다.

예전의 살림살이는 먹고사는 것조차 힘들었다. '입에 풀칠하기도 어렵다'라는 말이 있을 만큼 밥은 곧 생명이었고 삶이었다. 가난한 집안 살림에 가족을 위해 밥을 짓는 일은 여인들에게는 불가침의 신성한 일이었을 것이다. 죽은 며느리의 무덤가에 핀 꽃은 여인들의 한 맺힌 절규로 보인다. 그 당시 며느리들의 삶은 몹시 어렵고 힘겨운 생활의 연속이었다. 누가 알아주지 않아도 당연한 듯 운명으로 받아들이며 평생을 살았다. 가부장적 시대에는 스트레스가 쌓여도 남자들에게 불평할 수도 없었기에 시어머니와 며느리 사이에는 내밀한 한풀이가 있었을 것이다. 그 수많은 사연과 한을 어찌 필설로 다 옮길 수 있을까? 그러나 세상은 언제나 변하기 마련이다.

요즘은 시어머니가 며느리의 눈치를 볼 만큼 고부 사이가 많이 변했다고 말한다. 오늘날의 가정은 핵가족이란 말이 나올 만큼 삶의 방식이 달라졌다. 부부가 함께 직업을 가지면서 가사나 육아 분담도 같이하는 시대가 되었다. 자녀를 갖지 않으려는 풍조다 보니 결혼할 짝을 찾기도 쉽지 않고, 자기 인생을 온전히 즐기려는 비혼非婚자도 늘어나는 추세다. 결혼했더라도 아이를 낳지 않으려는 젊은이들이 많아졌다. 며느리가 출산해 주면 부모 처지에서는 그저 감지덕지할 따름이다. 이렇게 생활 방식이 달라지다 보니 시어머니와 며느리의 갈등은 자연스레 줄어들게 되는 것 같다. 세월이 흐르다 보니 어느새 나도 시아버지가 되었다. 며느리 사랑은 시아버지라고 했던가. 손주들 낳고 가정에 충실하며 고부갈등 없이 생활하는 며느리는 언제 보아도 가시 없는 어여쁜 며느리 꽃이다.

산책길에서 만난 꽃며느리밥풀을 휴대전화 카메라에 담았다. 가난하고 고된 노동으로 살아가던 시절에 '밥풀'은 며느리들의 눈물과 삶의 애환으로 꽃말에 자연스레 녹아 들어갔다. 식물 이름 하나에도 살아간 시대의 사회문화적 배경이 작용하고 있음을 알 수 있다. 깊은 한 맺힘에도 '며느리 꽃'이란 소박한 이름으로 불릴 수밖에 없었던 옛 여인들의 삶이 아픔으로 다가왔다. 짧은 인생을 며느리와 어머니로 사셨던 그립고 그리운 그 얼굴이 뿌옇게 어른거린다.

2020년 봄

🌳 콩밭 일기

   콩을 심는 날이다.

   관찰 활동을 준비하기 위해 아이들을 데리고 학교 실습지로 갔다. 우선은 삽으로 땅을 파야 하는데 인원은 많고 삽은 몇 자루밖에 없으니 삽 쟁탈전이 벌어졌다. 아우성을 진정시키고 교대로 삽질을 시켰다. 열 평도 안 되는 작은 밭을 일구면서 밭은 분주히 움직인 발자국들이 찍힌 채로 굳게 되었다. 아무려면 어쩌랴. 그곳에 고사리손들은 노란 메주콩을 심었다.

   콩 싹을 관찰하는 날이다.

   심어놓은 콩이 흙을 밀치고 얼굴을 내밀었다. 아이들은 신기하게 콩 싹을 바라보았다. 앞으로 이 콩이 자라서 열매가 달리는 모습을 관찰하자고 했다. 절대로 콩밭에 들어가서는 안 되고, 눈으로만 관찰해야 한다며 단단히 주의시켰다.

콩밭의 잡초를 제거하는 날이다.

콩과 함께 자란 잡초를 뽑아내야 한다. 이것이 콩이라고 알려주고 콩이 아닌 것은 모두 잡초니 뽑아야 한다고 했다. 잡초와 콩을 구별해서 뽑아야 하니 시간이 걸렸다. 잡초가 제거된 밭을 가리키며 "자 이제 밭에 남은 것은 콩뿐입니다."라고 하니 아이들은 잘 알았다는 듯이 고개를 끄덕인다.

콩밭이 사라진 날.

콩밭을 보니 잡초가 많이 자라있었다. 처리해야 할 급한 공문서가 있어 아이들에게 콩밭에 가서 잡초만 뽑고 오라고 하였다. 신바람이 나서 밭으로 우르르 몰려나갔다. 채 10분이 안 되었는데 되돌아왔다. 잡초를 다 뽑았다며 자랑스럽게 떠들어댔다. 수상쩍은 마음을 안고 콩밭으로 가보았다. 과연 콩밭은 깨끗이 정리되어 있었다. 콩과 잡초를 모조리 뽑았으니 빈 밭이다.

콩밭에는 다시 콩이 자라게 되었다.

이야기를 전해들은 학부모들은 많이도 웃었단다. 빈 우유팩에다 콩 모종을 길러 밭에다 심어주었다.

"얘들아! 모두 선생님 잘못이다. 귀여운 2학년 녀석들"

2018년 겨울

🌳 진달래 연정(戀情)

오늘은 산책길에서 꽃망울을 터뜨린 연분홍 진달래꽃을 만났다. 걸음을 멈추고 동심의 추억 속으로 빠져들었다. 아침으론 냉기가 도는 바람이 불지만, 어느새 봄은 성큼 다가와 꽃을 피워낸다. 매년 봄을 기다리던 마음을 세어보니 반세기를 훌쩍 넘어버렸다. 해마다 봄바람을 타고 만물이 생동하는 계절이 오면 마음이 바빠진다. 봄 햇살을 품어 화사하게 피어나는 진달래꽃을 맞이하기 위해 마음은 벌써 저만큼 앞서 달려간다.

나는 봄에 피어나는 꽃 중에 진달래꽃을 가장 좋아한다. 동산에 피어난 분홍빛은 바라보기만 해도 마음이 즐겁다. 어린 시절 봄이 오면 친구들과 어울려 들로 산으로 쏘다니기를 즐겼다. 고향 뒷동산에서 진달래를 꺾어다 빈 소주병에 꽂아놓으면 집안 분위기가 살아났다. 심성 좋은 아이들은 선생님의 책상 위에 진달래꽃을 장식해 칭찬을 듣기도 했다. 진달래꽃을 따서 먹으면 특유의 향이 입안에서 맴돌았다. 지금도 눈 감고 생각하면 그 상큼한 맛과 향이 입안을 맴돈다. 어른들은 진달래 피어나는 산골에는 문둥이가 있어 사람을 잡아먹는다고 협박 아닌 충고를 했지만, 악동들은 진달래 만발한 산으로 갔다. 찹쌀가루에 진달래꽃잎을 붙여 만든 예쁜 화전은 먹기가 아까울 정도로 고급스러워 보였다.

진달래꽃으로 인한 사건들이 눈앞에서 아른거린다.

혈기 넘치는 청년 시절이었다. 두 젊은 청춘은 춘천의 원창 고개 정상에서부터 자전거 핸들 앞에 진달래꽃을 한 아름씩 매달고 신나게 페달을 밟았다. 봄바람을 맞으며 구불구불 이어진 아스팔트 길을 달리는 기분은 자전거를 타는 사람만이 알 수 있다. 가속도가 붙어 브레이크를 잡으면 쇳소리가 났다. 기분 좋게 산에서 내려갔는데 검문소에 근무하는 경찰에게 제지당했다. 앞서 내려간 버스 운전기사가 위태롭게 달려 내려오는 모습을 보고 위험 상황을 알렸다. 자전거 타이어의 바람을 모두 빼는 바람에 언성이 높아졌고, 그때부터 자전거를 끌고 집까지 걸었다.

군 시절엔 휴가를 마치고 귀대하는 날인데 귀대 시간을 맞추지 못한 사건도 있었다. 버스에서 내려 비포장도로를 걸어가는데 부대 근처에서 퇴근하는 부사관을 만났다. 그분은 동향이라 가끔 대화를 나누는 사이였다. 잠시 쉬었다 가라고 하여 그분

댁에 들렸는데 조촐한 술상이 나왔다. 술의 정체는 진달래꽃을 넣어 담근 술이다. 한 잔 두 잔 마시며 이야기를 나누다 보니 귀대 시간을 넘기고 말았다. 상황실에 불려가 주번사령에게 꾸중을 들었고, 오랜 시간 무릎을 꿇어 반성의 시간을 보냈다. 지금도 담근 술을 마시는 기회가 있으면 그 시절 진달래술이 떠오른다.

봄이 되면 산에 피어나는 꽃 중에서 가장 한국적인 꽃은 단연 진달래다. 진달래꽃은 '먹는 꽃'이라는 의미가 있어 '참꽃'이라고 불렸고, 두견새가 밤새워 피를 토하면서 울다가 꽃을 분홍색으로 물들였다는 전설에서 유래하여 두견화라 부르기도 한다. 천상의 꽃밭을 가꾸는 선녀가 인간 세상에 내려와 겪게 되는 이야기를 비롯하여 전설도 많다. 혈액순환에 효능이 좋다고 하여 감기, 고혈압 등의 민간요법으로도 널리 쓰였다고 전한다.

진달래는 '애틋한 사랑'과 '사랑의 기쁨'이라는 꽃말처럼 사랑이 가득한 꽃이다. 우리나라 한반도 방방곡곡 어디서나 피어나는 진달래는 수천 년을 지나오며 우리 민족의 정서에 깊이 뿌리를 내리고 녹아있다. 시인들은 꽃말처럼 애틋한 사랑 이야기와 사랑의 기쁨을 노래했고, 묵객들은 그림으로 남겼다. 시인 김소월은 이별의 아픔을 진달래꽃에 빗대어 노래했다. 조선

시대 기녀였던 강아는 송강 정철鄭澈의 인간다움에 반해 유배지였던 강계를 향해 불원천리 달려간다. 유배에서 풀려난 정철과 또다시 이별하지만 여심이 이루어낸 애틋하고 고귀한 사랑이야기는 진달래 피어나는 강계에 남아있다.

동요와 대중가요에 많이 등장하는 꽃이 또한 진달래다. 대한민국 사람치고 「고향의 봄」 노래를 모르는 사람은 없다. 아기 진달래를 떠올리며 남녀노소가 함께 소리 높여 부르면 하나가 된다. '진달래 먹고 다람쥐 쫓고 물장구치던 어린 시절에'로 시작되는 가수 이용복의 「어린 시절」이라는 가요는 옛 추억을 불러온다. 가수 정훈희가 불렀던 「꽃길」이란 노래를 읊조리며 그리운 사람들의 얼굴을 떠올린다. '진달래 피고 새가 울면은/두고두고 그리운 사람/잊지 못해서 찾아오는 길/그리워서 찾아오는 길/꽃잎에 입 맞추며/사랑을 주고받았지…….'

생각해 보면 지난 세월 속에 나는 참으로 많은 사람을 좋은 인연으로 만났고, 함께 호흡하며 생활했다. 그런데 어느 날인지는 몰라도 애틋한 사랑의 메시지도 없이 슬며시 하나둘 나의 곁을 떠나갔다. 어쩌면 살아서 다시는 만나지 못할 사람들일지라도 어느 하늘 아래서 내 생각을 하고 있을까?

얼큰하게 술에 취해 나에게 발길질을 하던 친구는 불의의 사고로 불귀의 객이 되었고, 암 진단을 받고 힘겹게 투병 생활하던 죽마고우가 세상을 떠났다. 어린 시절 함께 뛰놀았던 옛 친구들의 무덤 앞에 진달래꽃을 한 아름 바치고 싶다.

　분홍빛 진달래 연정이 봄바람에 휘날린다. 어린 시절 진달래
꽃을 꺾어 와 떨리는 손으로 건네주었던 어여쁜 소녀의 때 묻
지 않은 모습이 그립다. 이제 앞으로 남은 세월에 진달래꽃을
닮은 사람들을 또 만날 것이다. 어떤 인연으로 만날지는 몰라
도 그들과 진달래 연정으로 사랑의 기쁨을 노래하리라.

2020년 봄

🌳생명의 숲

강원도 정선에는 소사나무 군락지가 있다고 한 분이 이야기 하였다. 소사나무 분재를 만들자고 하기에 따라나섰다. 정선에 서 1박을 하고 이른 아침에 산으로 올라갔다. 안개가 피어오른 산에는 크고 작은 소사나무들이 군락을 이루고 있었다. 조심스 럽게 나무를 캐서 돌아왔다. 나무를 캐는 데 정신이 팔려 주변 에 어떤 식물이 있었는지는 기억이 없다.

혹시라도 나무가 죽으면 어쩌나 하는 마음에 한 그루를 분 재원에 맡겼다가 찾아왔다. 감나무 밑에 놓고 물을 주며 키우 고 있었는데 어느 날 보니 나뭇잎이 시들고 있었다. 결국 그 나무는 분재의 역할을 하지 못하고 말라 죽었다. 산에 살도록 내버려 둠이 좋았을 것이란 생각이 오래도록 가시지 않았다. 그 일이 있고 난 뒤에는 분재를 가져보겠다는 마음은 깨끗이 사라졌다.

숲에는 다양한 생명이 살아가고 있음을 모르는 사람들은 없을 것이다. 멀리 떨어져서 바라보는 숲은 그저 풍경을 감상하는 데 그친다. 숲의 참모습을 보려면 숲속으로 들어가야 한다. 잠시 걸음을 멈추고 주변을 바라보면 그곳에는 온갖 생명이 살아가고 있음을 볼 수 있다. 크고 작은 식물과 동물이 주어진 공간에서 자리를 잡고 살아간다. 언제 어디서 왔는지는 몰라도 모두는 자연의 소중한 생명들이다. 하찮아 보이는 풀 한 포기도 뿌리를 내리고 살아가기 위해 온 정성을 다했을 것이다. 그 이치를 이해한다면 자연에 대해서는 절대로 인공의 힘이 작용해서는 안 된다. 풀 한 포기, 곤충 하나라도 애정 어린 눈으로 바라보아야 할 일이다.

사단법인「생명의 숲」은 숲 가꾸기를 통해 건강한 사회를 만들고자 1998년에 창립하였다. 전국의 시도에 지부를 두고 있다. 숲 가꾸기 운동으로 시작되었는데 현재는 숲 문화운동, 도시 숲 운동, 학교 숲 운동, 정책 운동 등 다양한 영역에서 숲 운동을 펼치고 있다. 나도 이 운동에 작은 힘이나마 보태려고 동참하고 있다.

숲이 사라진 지구에서는 생명이 존재할 수 없다. 환경오염으로 지구가 병들어가고 있는데 숲까지 사라지고 있으니 걱정이다. 늦었지만 다소 위안이 되는 것은 숲을 가꾸어야 한다는 의식이 점차 높아지고 있다는 것이다. 숲을 아끼는 마음으로 표어를 만들어보았다.

"숲이 생명이다! 숲을 가꾸자! 숲을 사랑하자!"

2021년 여름

🌳 숲 해설가를 꿈꾸다

매일 만나던 다람쥐가 안 보인다.

서식처를 옮긴 것일까? 천적에게 잡혀서 먹힌 것일까? 아니면 이미 겨울 양식을 다 마련하고 일찌감치 겨울잠을 든 것일까? 궁금증이 꼬리를 물었다. 가을의 참나무 숲은 다람쥐들의 세상이 된다. 겨울 양식을 마련하기 위해 가장 바쁘게 움직이는 계절이다. 먹이를 구하기 좋은 참나무 숲에서 밀려난 다람쥐는 낙엽송밭에 서식처를 마련했다. 참나무가 없으니 먹이 구하기가 어려웠을 것이다. 동료 한 분은 아침이면 바위 위에다 도토리 다섯 알씩을 놓아주었는데 나도 동참하였다. 자리를 비우고 다시 와보면 도토리는 껍질만 남기고 사라져 있었다. 자주 만나다 보니 친해졌음일까? 다람쥐가 피하지도 않는다. 어느 날은 매일 제공되는 도토리를 빼앗으려 찾아온 불청객을 쫓아내기 위해 사투를 벌이기도 했다. 싸움 뒤에는 평화가 찾아왔고, 도토리는 어김없이 다람쥐 집으로 옮겨졌다. 그런데 머

칠 전부터 다람쥐가 보이지 않고 바위에 놓인 도토리는 제자리를 지키고 있었다. 다람쥐의 신변에 무슨 문제가 생긴 것 같아 궁금하기도 하고 걱정도 되었다.

새 생명이 피어나는 따뜻한 봄날에 산림교육전문가인 숲 해설가를 하기로 마음먹었다. 지원서를 쓰는데 문득 어린 시절이 떠올랐다.

초등학교 시절 자연이라는 교과서는 있었지만, 자연보호나 생명의 소중함에 대한 교육은 부족했다. 여름방학이면 늘 곤충채집과 식물채집이 과제로 주어졌는데 신나게 놀다가 개학이 가까워지면 밀린 과제를 해결하기 위해 동분서주했다.

악동들과는 실을 이용해 올무를 만들어, 알을 품고 있거나 새끼를 기르는 어미 종달새와 할미새를 잡기도 하였다. 그것은

새들의 행복한 보금자리를 한순간에 빼앗아버리는 못된 행동
이었다. 잠자리를 잡아 꼬리 끝부분을 자르고 그곳에 작은 나
뭇가지나 풀을 끼워 날려 보내며 즐거워했다. 난방을 위해 산
에서 땔감을 구할 때는 작은 소나무까지 낫으로 베었다. 무자
비하게 잘랐다는 말이 더 어울릴 것이다. 젊어서는 공기총을
가지고 청설모, 토끼, 꿩 등을 닥치는 대로 잡았다. 생명에 대
해 소중함을 모르고 지냈던 시절의 이야기다. 이런 과거가 있
는 사람이 숲 해설가를 하겠다고 나섰으니 철면피 같다는 생각
이 들었다.

　몇 개월의 교육과정과 해설 시연 및 이론 평가를 통과하여
춘천 외곽의 국립 용화산자연휴양림에서 근무하게 되었다. 임
지로 향하는 길에 여러 상념이 꼬리를 물었다. 휴양림에 도착
하니 울창한 산림과 맑은 계곡물 그리고 신선한 바람이 낯선
나그네를 맞이하였다. 한국의 100대 명산 중의 하나인 용화산
자락에 자리한 휴양림은 내가 본 숲으로는 최고였다. 실로 다
양한 생명체들의 천국 같았다. 자연이 만들어 놓은 멋진 모습
을 보며 방문객들은 경이로움에 탄성을 자아내기도 한다. 아침
에 출근하면 방문객들에게 설명할 숲에 대한 스토리텔링을 구
상하며 인근의 오솔길을 산책하곤 하는데 그 길에서 다람쥐를
만나게 되었던 것이다.

숲속의 동물들을 함부로 잡았던 지난날의 잘못을 떠올리니 다람쥐가 더욱 걱정되었다. 그런데 함께 근무하는 분이 들려준 이야기는 충격적이었다.

"들고양이가 용화산의 다람쥐들을 모두 잡아먹어요. 고양이를 잡아야겠는데 혹시 총 있어요?"

순간 떠오른 생각은 '아! 다람쥐는 고양이의 밥이 되었구나.'였다. 산책로를 걷고 있는데 계곡에서 어슬렁거리며 걷고 있는 고양이가 목격되었다. 포동포동 살이 찌고 털은 윤기가 번지르르 흘렀다. 나를 힐끗 쳐다보더니 숲속으로 유유히 사라졌다. 숲속의 다람쥐를 잡아먹는 고양이를 어떻게 이해해야 할지 며칠을 그 생각에 잠겼다.

생태계에는 자연의 섭리에 따라 먹이사슬이 형성된다. 풀숲의 메뚜기는 개구리가 잡아먹고, 개구리는 뱀이 먹고, 뱀은 매가 채간다. 지금, 이 순간에도 지구촌의 육상과 해양에서는 온갖 생물들이 살아남기 위해 그들만의 방식으로 치열하게 생존 경쟁을 하고 있다. 지구촌에서 먹이사슬의 최고 정점은 어떤 생물일까? 영리한 두뇌를 가진 인간일까? 다시 상념이 꼬리를 물었다.

코로나19를 겪으며 인간이 얼마나 무기력한지 깨닫게 되었다. 지구상에서 가장 하찮은 존재인 바이러스 때문에 전 세계는 지금 심한 중병을 앓고 있다. 매일 수백만 명이 감염되고 수

천 명이 사망한다. 가장 강력해 보이는 인간들이 가장 작은 존재에게 속수무책으로 당하고 있다. 먹이사슬의 최고 정점은 아마도 바이러스에게 넘겨줘야 할 것 같다. 그런데 깊은 숲속에서 오랜 세월 동안 그들만의 생태계를 이루고 잘 살아왔던 바이러스가 어떻게 인간세계에 옮겨진 것일까? 인간의 이기심이 자연에 개입하여 바이러스의 공격이 시작된 것이다.

자연 상태에서 상위 포식자에게 먹히는 것은 그것 자체가 자연현상이므로 연민의 감정은 불필요하다. 오히려 자연환경이 잘 보존된 지역일수록 먹이사슬이 잘 연결되어 건강한 생태계를 이룬다. 없어진 다람쥐의 경우는 어떨까? 먹이사슬로만 이해하기에는 뭔가 자꾸 불편한 생각이 머릿속을 어지럽힌다. 다람쥐를 먹어 치운 고양이는 본래 숲속의 야생동물은 아니다. 살쾡이라면 몰라도 내가 본 고양이는 인간들이 집에서 키우던 집고양이였는데 주인에게 버림받으면서 들고양이가 된 것이다. 결국 다람쥐는 논리상 인간 때문에 희생된 것이다. 앞으로 이들 들고양이가 계속 번식하면 숲속의 생태계가 크게 위협받게 될 것이다.

숙명처럼 찾아온 해설가 인생이다. 김유정문학촌에서 8년간 문학 해설을 하였는데 산림교육전문가 자격증을 받았으니 이제부터는 숲 해설가다. 나는 숲 해설가 교육을 받으며 다짐한 것이 하나 있다. 방문객들에게 숲의 가치와 고마움을 잘 전달하여 숲을 아끼고 가꾸는 일에 동참하는 '숲 동행인'을 만들어 보자는 것이었다. 에머슨은 자연에 대해 이렇게 말했다.

"나는 나의 아름다운 어머니 즉, 자연에 돌을 던지는 것으로 나의 포근한 보금자리가 더럽혀지기를 바라지 않는다."

사람은 자연에서 왔으니 자연을 어머니로 부른 것은 아주 적절한 표현이다. 자연을 사랑한다고 말하면서 혹자는 자연에 돌을 던진다. 자신의 이익을 위해서라면 자연 파괴를 행동으로 보여주는 인간들이 곳곳에 널려있다. 따라서 오늘의 자연은 상처투성이가 되어 심한 몸살을 앓고 있다.

자세히 살펴보면 숲에는 철학이 있고 기본원칙도 있다. 숲은 생명의 근원으로 다양한 개체들이 치열하게 경쟁하면서도 함께 어울려 살아가는 공동체다. 숲은 언제나 넓은 포용력으로 모두를 끌어안고 원하는 것을 아낌없이 내어주기에 더없이 고맙다. 아침 산책길에 숲이 나에게 묻곤 했다.

"왜 숲 해설가를 하려고 하는가?"

이 물음에 선뜻 대답하지 못하고 많이 망설였지만, 이제는 답할 수 있다. 숲을 방문한 사람들이 행복한 마음으로 숲을 담아 집으로 가져가도록 하겠다는 것이다. 항상 초심으로 숲을 배우며 방문객들을 맞이하다 보면 꿈은 이루어질 것이다.

2020년 여름

🌳 참나무 6형제

도토리를 줍기 위해 참나무숲을 찾았다. 땅에 떨어진 도토리를 하나둘 줍기 시작했다. 자세히 보니 도토리 크기와 모양이 달랐다. 참나무에 매달린 도토리는 다 같은 줄로만 알고 있었다. 나무를 올려다보아도 나뭇잎이 크게 다를 것이 없어 보였다. 도토리를 줍기만 했을 뿐 참나무 종류를 알아본다는 것은 꿈에도 생각하지 않던 젊은 시절이 있었다.

숲 해설을 하기 위해서는 산에서 흔하게 자라는 참나무에 대해 알아야 한다. 참나무 6형제라 부르는 나무는 기본적으로 알아야 하는데 구별하기가 쉽지 않다. 산림전문가 연수를 받으며 구별법에 관해 이론을 배웠지만, 실제로 산에서 참나무를 대하니 머리가 복잡해졌다. 사진을 보거나 동영상을 보아도 아리송하다. 휴양림에서 함께 근무하는 선생님이 직접 나무를 보며 구별법을 말씀해 주니 조금은 감이 왔다.

참나무는 여러 면에서 쓰임새가 많은 유용한 나무로 진짜 나무라는 뜻을 총칭하여 참나무라고 부르기 시작하였다. 이 참나무는 도토리를 생산한다고 도토리나무라고도 부른다.

한국이 원산지인 참나뭇과의 대표적인 참나무로는 상수리, 굴참, 떡갈, 신갈, 갈참, 졸참나무가 있다. 이 여섯 종류의 나무를 '참나무 6형제'라고 부른다. 이 6형제는 잎과 열매의 각두 모양을 보고 구별할 수 있다.

잎이 길쭉하고 가장자리에 바늘처럼 뾰족한 톱니가 있는 것은 상수리나무와 굴참나무이고, 잎자루가 잘 보이지 않으면 떡갈나무와 신갈나무고, 잎자루가 잘 보이면 갈참나무와 졸참나무다.

각두(열매를 싸고 있는 모양)가 기왓장 같은 비늘조각에 싸여있는 것은 신갈나무, 졸참나무, 갈참나무이고, 각두가 털 같은 비늘조각에 싸여있는 것은 상수리나무, 굴참나무, 떡갈나무다.

우스꽝스러운 구별법이지만 인터넷에서 얻은 정보가 있다. 각두의 특징이 혼란스러우면 군부대에서 복무하고 있는 군 장병의 머리모양을 연상하면 된다고 했다. 고참인 갈참과 졸병인 졸참, 신참인 신갈은 현역이라서 머리가 짧고(각두에 털이 없음), 2년 전에 전역한 상수리와 굴참, 떡갈나무는 머리가 장발(각두에 털이 있음)이니 각두의 모양을 참고하면 기억하기에 편리하다고 하였다.

산책하는 한 젊은이를 만나 참나무 구별법에 대하여 해설을 했다. 잎과 각두의 모양으로 열심히 해설했지만 잘 모르겠다는 대답이다. 군대를 갔다 왔다고 하기에 주변에 떨어져 있는 도토리 껍질을 주워 들고서 군 장병의 머리모양으로 이야기하니 어느 정도 이해가 되었는지 고개를 끄덕인다. 역시 해설을 잘 하려면 알기 쉽게 이야기하는 기술이 필요함을 새삼 깨달았다.

 한동안은 참나무 6형제가 나를 따라다녔다. 사람도 6형제를 구별하려면 자주 보아야 한다. 주변에 보이는 식물은 고유의 이름과 특징이 있는데 머릿속에 입력하기란 쉽지 않다. 식물을 바르게 구별하기 위해서는 자주 접하며 관찰하는 것이 가장 좋은 방법임을 참나무 6형제가 일깨워주었다.

2021년 봄

보리밭 그리고 보리밥

　서해에 있는 신비의 작은 섬 '호도'로 가기 위해 대천 연안여객터미널로 향했다. 초등학교 동창생 일곱 명이 1박 2일의 일정으로 숭어낚시 여행을 떠난 것이다. 여객선으로 서해의 물살을 가르며 50분을 달리니 멀리 호도가 모습을 드러냈다. 섬의 형상이 여우와 닮았다고 해서 호도狐島라고 불린다.

　여객선에서 내리니 민박집 주인이 마중을 나와 있었다. 섬을 둘러보기 위해 서둘러 짐을 풀었다. 오염되지 않은 모래알 반짝이는 백사장을 거닐었다. 친구들은 숭어를 잡기 위해 바다를 향해 힘차게 낚싯바늘을 던졌지만, 소득은 없었다. 민박집들이 옹기종기 모여 있는 곳으로 발길을 돌렸다. 골목을 지나가다 잠시 걸음을 멈추었다. 열 평 남짓한 텃밭에 내가 좋아하는 청보리가 심겨 있었기 때문이다. 외딴섬에서 만난 보리라 더 반가웠다. 이곳에 보리를 심어 가꾸는 주인은 어떤 사람일까 궁금했다. 식량 확보 차원으로 보리를 재배하기에는 면적이 너무 작지 않은가? 어쩌면 밭 주인은 지난날 잊지 못할 향수를 달래기 위해 보리를 심어 놓았는지도 모를 일이다.

보리밭을 보면 가난에 찌들어 배고팠던 어린 시절의 고향 모습이 떠오른다. 봄이 오면 지난해 가을에 파종한 보리가 마을 곳곳에서 쑥쑥 자랐다. 시골 아이들은 보리가 자라는 모습을 보고, 보리밥을 먹으며 성장했고 꿈을 키웠다. 봄바람에 일렁이는 청보리의 물결이 보기 좋았고, 코끝에 맴도는 풋풋한 보리 냄새도 좋았다. 보리밭에 둥지를 튼 종달새는 새 생명을 키우기 위해 온종일 분주히 날았다.

보리가 익어갈 때쯤이면 배고픈 악동들은 불을 피워 보리를 구워 먹다가 검게 변한 얼굴을 보며 서로 웃기도 했다. 학교에서 선생님은 오후 시간이 되면 매일 유리창을 열어놓으셨다. 보리밥을 점심으로 먹은 아이들이 생리작용으로 뿜어내는 가스를 내보내기 위해서이다. 때론 빵 터지는 고음에 웃음바다가 되기도 했다. 여학생들은 소리 죽이기에 남학생들보다 고생이 더 심했을 것이다. 방귀는 몸속의 열기를 밖으로 방출하는 것이라고 한다. 가난했던 시절에 서민들의 주식은 보리밥이었으니 별 도리가 없었다. 한때는 국가 시책으로 보리 혼식을 장려하기도 했다. 점심시간이 되면 잡곡이 섞였나 도시락 검사를 했다. 부유한 가정의 아이들은 도시락 아래쪽에는 쌀밥을 위쪽

에는 보리밥을 덮어 검사를 통과했다.

사실 보리는 식생활에서 중요한 잡곡으로 우리에게 많은 것을 준다. 보리밥에 있는 베타글루칸 성분은 성인병을 예방하는 데 효능이 있다고 한다. 베타글루칸 성분은 고혈압과 대장암을 예방하고, 폴리페놀 성분은 노화를 방지해 주며 피부 미용에도 좋다고 한다. 또한 보리밥에는 혈당을 저하시켜 주는 성분도 들어있어 당뇨 예방에도 도움을 준다고 하니 성인병 예방에는 최고의 건강식품이다. 보리밥으로 된장을 담그고, 싹을 틔워서는 엿기름을 내어 식혜나 조청, 엿을 만든다. 통째로 볶아서 보리차를 만들기도 하고, 맥주나 양주의 원료로 쓰이기도 한다. 각종 건강식품으로 만들어져 시중에 판매된다. 보리밥에 각종 나물을 넣고 고추장에 쓱쓱 썩썩 비벼 먹으면 최고의 성찬이 되었다. 그런데 요즘 신세대들은 보리밥을 좋아하지 않으니 머지않은 장래에 보리밥을 파는 식당을 찾기란 쉽지 않을 것이다.

나는 보리밭 관련 사진과 그림, 노래를 좋아한다. 미술 전시회장에서 보리 작품을 보면 기쁜 마음으로 작품을 감상하며 옛 추억에 빠진다. SNS상에서 보리 사진을 볼 때도 오래도록 시선이 머문다. 내가 좋아하는 노래 중에는 1952년 부산에서의 피난 생활 중 윤용하 님이 작곡한 '보리밭'이 있다. 이 가곡은 배고프던 시절의 이야기를 대변하는 노래이다. 노래에 소질이 없어 소리 내어 부르지는 못하나, 입속에 넣고 웅얼거리기만 해도 기분이 좋아진다. '보리밭 사잇길로 걸어가면/뉘 부르는 소리 있어 나를 멈춘다/옛 생각이 외로워 휘파람 불면/고운 노래 귓가에 들려온다/돌아보면 아무도 보이지 않고/저녁놀 빈 하늘만 눈에 차누나' 이 노래를 눈감고 듣노라면 나는 어느새 보리밭 사잇길로 걸어가는 나그네가 된다.

6, 70년대만 해도 중부지방에서는 밀과 보리를 많이 재배했었다. 요즘은 남부지방을 제외하고는 보리밭을 구경하기가 힘들다. 재배를 한다 해도 관광객을 유치할 목적이거나 유휴지에 관상용으로 재배를 할 뿐이다. 대부분의 전답은 돈이 되는 특

용작물을 재배하거나 타 용도로 이용되고 있다.

　우리나라의 곡물자급률은 2018년 기준 23% 정도로 OECD 국가 중 최하위 수준이라고 한다. 곡물자급률 1위인 프랑스는 300%를 넘는다고 하니 부러움의 대상이 아닐 수 없다. 우리가 먹는 먹거리의 70% 이상은 수입에 의존하는 실정이다. 만약 외국의 곡물 잉여 생산국들이 식량을 무기화한다면 어찌할 것인가? 코로나19 사태로 인해 베트남, 러시아 등 국가들은 벌써 식량 수출제한에 나서고 있다. 비싼 돈을 주고도 외국에서 식량을 구매하지 못한다면 하루 두 끼는 굶어야 한다. 따라서 식량의 무기화에 대처하기 위해서는 국가적인 대책 마련과 더불어 경작지가 줄어드는 것을 막아야 한다.

　늦은 가을에 씨를 뿌리는 농작물은 보리 말고는 흔하지 않다. 칼바람 부는 영하의 겨울을 보내고, 힘차게 자란 보리는 가난한 농부에게 기쁨의 선물을 안긴다. 사람이 나이가 들면 고개를 숙인다고 벼 이삭에 비유하나, 보리는 고개를 숙일 줄 모른다. 언제나 하늘을 향해 보란 듯이 기죽지 않고, 어떤 악조건의 자연환경에도 굴하지 않는다. 따라서 보리는 고난을 이기고 살아가는 강인한 생명력의 표상이다. 성실함으로 어려운 역경을 이겨내면 보람이 따른다는 삶의 교훈을 주기도 한다.

　호도에서 즐겁게 지낼 계획은 모두 물거품이 되어버렸다. 도착한 날 늦은 오후부터 세찬 비바람이 다음 날 오전까지 계속되었기 때문이다. 아침에 고깃배를 타고 낚시를 하려는 계획도 취소되어 민박집 방에서 여객선이 오기를 기다리며 무료한 시간을 보냈다. 다만 섬에서 소득이 있었다면 골목길을 거닐다 만난 청보리밭이다. 고기는 한 마리도 못 잡았지만 보리밭과의 만남을 위안으로 삼았다. 5월은 싱그러운 청보리의 계절이다. 호도에서 만난 청보리가 바닷바람에 실려 춤을 추고 있었다.

2016년 여름

🌳 가시박의 습격

자전거를 타고 북한강변을 달렸다. 시원스레 잘 정비된 자전거도로를 따라 맑은 공기를 마시며 달리니 기분이 상쾌하다. 드높은 가을 하늘은 호수에 잠기고, 논밭에는 추수를 기다리는 농작물이 알알이 익어가고 있었다.

도로변의 아름다운 풍경을 카메라에 담으려고 잠시 멈추었다. 넝쿨식물이 먼저 눈에 들어왔다. 나뭇가지를 타고 높이 올라갔는가 하면 작은 식물들은 아예 덮어버렸다. 이 식물은 근래 자주 보아왔던 외래종인 가시박이 분명했다. 무서운 기세로 영역을 넓혀가고 있었다. 이대로 가시박을 방치한다면 호수주변의 아름다운 풍경은 사라질 것이다. 드디어 가시박이 본모습을 드러내고 있었다.

가시박은 북아메리카가 원산지인 귀화식물로 전국에 분포하고 있다. 종자로 번식하는 1년생 덩굴식물이며 번식력이 강하다. 식물 전체가 가느다란 가시로 덮여있어 잘못 건드리면 피부에 가시가 박혀 고생한다. 이 식물이 자라는 곳에서는 어떤 식물도 살아남지 못한다. 키가 큰 나무라도 이 가시박을 만나면 고사를 각오해야 한다.

성묘차 산소를 찾아가는 길에서 만난 가시박 넝쿨은 아까시나무를 위협하고 있었다. 칡넝쿨까지 합세하여 위로 올라간다. 토종생태계를 가장 심각하게 교란하는 식물이 바로 가시박이다. 이 때문에 생태교란 외래식물로 지정되었다. 반드시 제거해야 할 식물이지만 엄청난 번식력 때문에 인력을 동원하여 제거할 수도 없는 지경에 이르렀다. 이대로 방치하다가는 온 산하가 가시박으로 덮여버릴 수도 있겠다는 생각을 지울 수 없다.

생태교란 식물이 어디 가시박뿐이랴. 우리가 잘 알고 있는 외래 동식물 중에는 뉴트리아, 황소개구리, 블루길, 배스, 붉은 머리거북, 돼지단풍, 서양금혼초 등이 있다. 몰지각한 사람들이 외국에서 들여온 동식물들로 인하여 육상과 수상 생태계는 지금 심한 몸살을 앓고 있다. 속담에 '호미로 막을 것을 가래로 막는다'라고 하였다. 이제 생태교란 동식물들을 제거하기 위해 정부 차원에서 대책을 마련해야 한다.

가시박을 카메라에 담을 필요는 없지 않은가. 다시 자전거를 타고 달리는데 가시박은 자전거도로까지 점령하려는지 넝쿨을 뻗어오고 있었다. 배추밭 옆의 넓은 공터는 가시박의 습격을 받아 빈틈없이 점령당한 모습이 보였다. 자전거를 타며 행복했던 마음은 사라졌고, 머릿속은 온통 가시박으로 가득했다.

2021년 가을

🌳 하늘을 보며

잠시 멈추어 하늘을 본다.

멈추면 보이지 않던 것들이 보인다고 했는데 맞는 말인 것 같다. 잠시 멈추니 그냥 지나치며 보지 못했던 삼라만상이 눈에 들어온다. 그중에서도 하늘을 보며 생각에 잠기는 시간이 많아졌다. 그동안 나의 시선은 대부분 앞이나 좌우에 머물렀다. 바쁘지 않은 시간이 많았는데도 하늘을 바라보지 않았다.

요즘 한 친구는 하늘 사진을 카톡으로 자주 보내온다. 사진속에는 파란 하늘에 하얀 구름이 담겨있고, 노을 지는 석양의 모습도 있다. 물속에 비춰진 산과 하늘도 아름답다. 꽃을 열심히 찍더니 피사체가 하늘로 옮겨졌다. 사진 속의 대상들은 살아 움직이는 것처럼 보여 때로는 신비스럽게 느껴진다. 왜 하늘을 찍는지 궁금하여 물어보았다. 친구는 그냥 하늘이 좋아서 찍는다고 답했다. 시시각각 변하는 구름 사진을 보며 하루가 다르게 빠른 속도로 변하는 인간 세상을 떠올려보았다.

어린 시절의 이야기다. 따가운 태양이 내려 기온이 상승하면 더위를 피할 방법을 찾기가 어려웠다. 전기가 들어오지 않는 시골에서 가전제품은 아예 구경도 못 했다. 낮에는 나무 그늘을 찾아 더위를 식히거나, 우물에서 물을 퍼 올려 등목이라도 하노라면 최고의 피서다. 어둠이 내리기 시작하면 또래들은 멍석을 둘둘 말아서 냇가로 나갔다. 가뭄으로 물이 말라버린 자갈밭에 자리를 잡고 멍석을 펼쳤다.

어둠을 밝히는 별들이 나타나기 시작하면 더위는 저만치 물러났다. 하늘에 떠 있는 달과 별을 보며 이야기는 시작된다. 이 세상에 만물박사는 딱 한 명이라고 우기거나, 원숭이 똥구멍은 왜 빨개졌을까 등을 놓고 갑론을박을 했다. 사람이 죽으면 천당이나 지옥으로 간다는데 어떻게 하면 천당에 갈 것인가에 대해 인생철학을 논하기도 했다. 맑은 하늘에 수많은 별은 너무도 선명하여 금방이라도 쏟아질 것만 같았다. 별을 세다가 하나둘 하늘 이불을 덮고 잠이 들었다. 순진무구純眞無垢한 친구들과 함께했던 하늘 보기 추억이 몹시 그립다.

교직에 몸담았던 친구들과 일본 규슈지방으로 여행을 한 적이 있다. 일본의 문화가 궁금하여 알아보려 노력했다. 우리에게 뼈아픈 과거를 안겨준 그들의 의식주와 풍습, 교육, 종교, 도덕 등을 유심히 살펴보았다. 여러 방면에서 선진국다운 면모를 보여주고 있었다. 호텔에서는 일본의 전통의상인 '유카

타'를 입고 '게다'를 신고 오면 온천이 무료입장이라고 했다. 역사 속에 잠재해 있는 반감의 발로였음일까, 우리는 단호히 거부했다.

버스에서 가이드는 일본사람들의 생활과 문화에 관해 이야기했다. 지금까지 아주 생생하게 기억되는 말이 하나 있다. 일본사람들은 시선이 땅 쪽을 향하고 있다는 것이다. 보수는 많지만, 물가와 교육비가 비싸서 주말에는 아르바이트하는 사람들이 많다고 했다. 고민이 많기에 고개를 숙이고 걷는다는 요지의 이야기다. 이에 비하여 한국 사람들은 보수는 적어도 막걸리 한잔 걸치면 기분 좋게 흥얼거리며 하늘을 보고 걷는 행복한 민족이라고 한껏 치켜세웠다. 걷고 있는 일본사람들을 보니 맞는 말 같아 보였다.

현대인이면 누구나 소지하고 다니는 물건이 하나 있다. 그것은 바로 핸드폰이다. 세상의 모든 정보가 손바닥만 한 물체에 모두 담겨있다. 아침에 눈을 뜨는 순간부터 잠드는 밤까지 자신의 분신처럼 따라다닌다. 잠시라도 핸드폰이 없으면 허전하고 불안하다. 깨어있는 시간 대부분은 시선이 핸드폰을 향하고 있다. 주변을 살펴보거나 하늘을 본다는 것은 저만치 한참 뒷전으로 밀려났다. 어느 곳을 보아도 대부분 사람이 핸드폰에 몰입하고 있다. 심히 걱정되는 중독 현상이다. 사시사철 변하는 아름다운 세상을 보지 못하니 참으로 안타깝다. 핸드폰 중독 현상이 풀려야 앞을 보고, 하늘도 볼 것이다.

　하늘을 보노라면 우주의 탄생과 소멸 그리고 지구에 사는 생명체들의 생성에 대한 궁금증이 꼬리를 문다. 하늘에 관해 알아보기 위해 책을 펼친다. 천지창조와 천사들의 이야기가 있고, 별자리 신화들도 등장한다. 천문학자들은 별자리를 연구하여 세상에 내놓았다. 이는 경천사상敬天思想으로 이어져 사회, 문화, 역사적으로 인간 세상에 큰 영향을 미쳤다. 하늘은 깨달음의 종교가 되었고, 토템 신앙totem, 信仰의 모태母胎가 되었다. 하늘을 보며 1년 농사를 점쳤고, 비를 내려달라는 소망을 담아 기우제를 올렸다. 이승에서 삶을 다하면 영혼은 하늘로 떠난다. 하늘에 계신 조상님들께는 감사한 마음을 담아 제사를 지낸다. 우리의 어머니들은 장독대에다 정화수井華水 떠 놓고 천

지신명天地神明께 가족의 건강과 행복을 빌었다. 그 자녀들은 하늘을 보며 꿈을 키웠고, 시를 썼으며 인생을 노래했다.

아동문학가 박인술의 동시 「하늘」이 가슴을 적신다. '아버지는/일거리가 없을 때/하늘을 쳐다봅니다//어머니도/ 궂은일이 생기면/하늘을 쳐다봅니다//저도 숙제가 너무 많아/가슴이 답답할 때면/하늘을 쳐다봅니다//셋방살이 방 하나/우리 집 식구들은/하늘을 보고 삽니다.'

이 동시는 우리 인생의 한 단면을 보여주고 있다. 하늘을 보면 먹구름이 일고 눈비가 내리는 날도 있지만 구름 한 점 없는 맑은 날도 있다. 고달픈 인생살이에 고개를 젖혀 하늘을 바라보면 마음이 편해진다. 흘러가는 구름과 빛나는 태양, 어두운 밤을 밝혀주는 달과 별들이 한결같이 반긴다.

광활한 우주공간의 한 점 작은 모퉁이에서 나를 뒤돌아본다. 나는 어떤 인연으로 이곳에 머물게 되었나? 하루에 몇 번쯤은 잠시 멈추어 하늘에 시선을 보낸다.

2020년 가을

꿀벌들의 전쟁

온갖 봄꽃들이 피어나 향연을 벌이던 올봄의 일이다. 평소 알고 지내는 지인으로부터 벌을 봐달라는 부탁을 받았다. 빈 벌통에 양봉洋蜂(서양 벌)이 들었다는 것이다. 양봉養蜂(벌을 기름) 일에 손을 놓은 지 30년이 지났지만, 부탁을 거절할 수 없어 도움을 주기로 했다. 벌에 대해 열심히 설명하였지만 정작 주인은 벌에 쏘이는 두려움 때문에 벌통에 접근을 못 한다. 언제쯤 관심을 갖고 직접 관리를 하게 될지 모르겠다.

내가 양봉을 시작한 것은 1984년이었다. 양봉에 대한 지식이 전혀 없는 상태에서 양봉 두 통을 샀다. 처음에는 나 역시 벌에 쏘이는 두려움 때문에 벌통 접근이 어려웠다. 멀찍이 떨어져서 관망하며 1년을 보냈다. 다음 해 월동시킨 벌통을 열어 보니 두 통 중에 한 통이 살았는데 소비巢脾(벌의 집)에 붙어있는 벌은 반장도 안 되었다. 3월에 평창군으로 발령을 받았고, 이

삿짐과 함께 벌통을 싣고 떠났다. 그곳 학교에서 다년간 근무한 기사는 여러 통의 벌을 키우고 있었다. 내 벌통을 열어보더니 너무 약군弱群이라며 버리라고 하였다. 나는 여왕벌도 있으니 버릴 수 없다고 대답했고, 정성을 다해 돌보았다.

문제는 양봉에 관한 기술의 부족함이었다. 책을 통하여 벌의 생태를 공부하며 관리를 하였다. 양봉 한 통에는 여왕벌과 수벌, 일벌이 함께 살아가는데 각자에게 주어진 일이 있다. 일사불란하게 공동사회를 이루고 살아가는 것이 벌의 생태다. 차츰 벌의 세계를 알아가며 재미를 붙였다. 그해 가을에 벌은 고맙게도 다섯 통으로 늘어났다. 3년이 지났을 때는 마흔 통을 넘겼다. 양봉은 어려웠던 가정경제에 크게 도움을 주었다.

양봉하며 한바탕 벌들과 전쟁을 벌였던 기억이 새롭다. 벌들이 열심히 일하여 모은 꿀과 화분은 양봉하는 사람들에 의해 빼앗기게 마련이다. 꿀을 빼앗긴 날부터 벌들은 살아남기 위해 전쟁을 시작한다. 꿀 묻은 소비를 정리하고, 꿀과 화분花粉을 얻기 위해 분주히 날아야 한다.

채밀採蜜(꿀을 뜸)한 다음 날의 일이었다. 벌통의 뚜껑을 열고 내부를 점검하려는데 갑자기 벌들이 떼지어 일시에 공격을 해왔다. 벌들은 화장품이나 알코올 냄새 등 자극적인 냄새를 싫어한다. 꿀을 모두 빼앗겨 독이 올라있는데 내가 소주 냄새를 풍기니 달려드는 것이다. 순간 화가 나서 장화 신은 발로 벌통을 밟았더니 모든 벌이 한꺼번에 쏟아져 나와서 공격을 해왔다. 얼굴 앞에 쓴 면포에 달라붙은 벌들을 향해 고무장갑 낀 손으로 손뼉을 치니 한 번에 수백 마리씩 죽어서 땅으로 떨어졌다. 벌과의 전쟁이 시작된 것이다. 공격하는 벌의 숫자가 너무 많아 안 되겠다 싶어 야외 화장실로 피했으나 무리를 지어 따라왔다. 급기야는 간이상수도에 놓인 커다란 물통 속에 몸을 담갔다. 물을 싫어하는 벌들은 계속 주위를 맴돌다 흩어졌고, 벌과의 전쟁은 그렇게 일단락되었다. 죽어간 벌들의 숫자는 많았으나 내가 피했으니 전쟁의 승자는 꿀벌이었다. 그날 벌에 쏘여 온몸은 봉독蜂毒(벌의 독) 때문에 고생을 했다. 생각해 보면 참으로 무모한 행동이었다.

벌들은 살아남기 위해 주변 상황에 맞서 치열하게 전쟁을 치른다. 공격성이 강한 말벌이 꿀을 뺏기 위해 습격을 시작하면 벌들은 비상이 걸린다. 말벌은 덩치도 크거니와 독성이 강해 몇 마리가 달라붙어 대항하지만 싸움의 승자는 언제나 말벌이 된다. 이때 주인이 말벌을 잡아주지 않으면 얼마 못 가서 벌통의 모든 꿀은 바닥을 드러낸다. 요즘에는 말벌을 잡는 기구가 나왔다고 하는데 당시는 파리채로 말벌을 잡았다. 같은 서양벌이라 해도 세력이 약한 벌통에는 도봉盜蜂(도둑벌)이 생기는데 침략자를 막기 위해 죽음을 각오하고 싸움을 벌인다. 벌통 앞에는 도봉과 집을 지키다 전사한 일벌이 널브러져 있다.

벌 사회를 자세히 관찰하다 보면 인간 세상사와 많이 닮았음을 볼 수 있다. 벌들이 살아가기 위해 전쟁을 하듯이 사람들도 생활전선에서 더 나은 삶을 위해 땀 흘리며 일을 한다. 한 가정의 가족 구성원들은 가정의 발전과 평화를 위해 각자의 위치에서 일을 계획하고 추진한다. 국가도 역시 마찬가지다. 학교에서 공부하는 학생들은 좋은 성적으로 원하는 대학에 진학하기 위해 치열하게 입시전쟁을 벌이고, 직업이 없는 무직자들은 구직 전쟁에 뛰어든다. 직장인들은 생존경쟁에서 살아남기 위해 열심히 일해야 한다. 인간 세상사도 벌들의 세계만큼이나 뜨거운 전쟁을 치르고 있음을 알 수 있다.

꿀벌과 관련하여 충격적인 사건이 벌어지고 있다. 최근 몇 년 전부터 꿀벌들이 급속히 사라지고 있다는 소식이다. 이 현상이 점차 전 세계로 번지고 있다. 미국에서는 2007년 90%의 벌집이 사라졌다고 보고되었고, 유럽에서는 53%의 벌집이 최근 몇 년 동안에 사라졌다고 보고되었으며, 중동지방에서는 85%가 사라졌다고 한다. 원인을 분석하면 휴대전화 사용 시의 전자파, 대기오염, 살충제와 제초제를 비롯한 농약 사용 등이 주된 요인으로 알려졌다. 이에 아인슈타인은 이렇게 경고한 바 있다.

"지구상에서 꿀벌이 사라지게 되면 동식물이 잇달아 사라지고 결국 4년 안에 인류도 멸망할 것이다."

　꿀벌이 식물의 화분을 전달하는 매개체의 80%의 비중을 차지하고 있기 때문이다. 꿀벌들의 증발은 꽃과 식물들의 수분受粉(꽃가루 수정) 작용을 불가능하게 만든다. 음식물과 채소, 과일이 없으면 동식물들이 죽기 시작하고, 먹이사슬이 깨지면서 인류를 포함해 지구 전체의 생명체들이 함께 멸종하고 만다는 것이다. 지구는 지금 큰 재앙에 직면하고 있다.

　꿀벌들은 우리 인간에게 대단히 유익한 곤충이다. 인간의 욕심에 의해 벌들이 이 세상에서 사라지고 있음은 참으로 안타까운 일이다. 벌이 살아야 인간도 살 수 있음을 깨달아야 한다. 지구의 주인은 온갖 생명 있는 것들의 공동소유임을 알아야 한다. 따라서 벌들이 살아가며 전쟁을 할 수 있는 환경을 만들어 주는 것은 인간의 몫이다. 기온이 많이 내려갔는데 지인의 벌을 살리기 위해 월동준비를 서둘러야겠다.

2018년 가을

어느 소풍날

즐거운 봄 소풍을 끝내고 학교로 돌아가는 길이다.

길을 걷던 아이들이 갑자기 걸음아 날 살리라며 사방으로 흩어져 도망을 간다. 갑자기 달려드는 벌떼를 피하기 위해서다. 장난꾸러기 고학년 한 녀석이 막대로 땅 벌집을 쑤셔서 벌들이 쏟아져 나왔다. 성난 벌들은 아이들을 향해 달려들었다. 팔을 휘저으며 벌을 피하려 하지만 빠른 벌을 피할 수는 없다. 벌에 쏘인 아이들이 여기저기서 울음을 터트렸다.

긴박했던 시간이 지나갔다. 선생님들은 벌에 쏘인 아이들의 몸에서 벌침을 뽑아냈다. 저학년의 한 아이는 따갑다며 논바닥에 주저앉아 온몸을 쥐어뜯고 있었다. 윗옷을 벗겨보니 작은 벌들이 옷 안에 붙어있었다. 벌침을 제거했는데 몸에 두드러기가 올라오고 있었다. 급히 학교로 후송하여 마루에 눕혔는데 알레르기 반응이 심하여 몸 전체가 두드러기다. 응급처치로 우선은 소금물로 몸을 닦고 난 다음에 암모니아수를 발라주었다. 시간이 흐르며 두드러기는 점차 잦아들었다. 한 녀석의 장난이 모두를 공포로 몰아넣은 사건이다.

말벌이 아니길 천만다행이다. 말벌류는 독성이 강하기 때문에 방치하면 사망할 수도 있어 즉시 병원 응급실을 찾아야 한다. 소풍날의 땅벌은 크기가 작지만, 공격성이 아주 강한 놈이다. 벌침을 박고도 모자라 죽자 살자 살을 입으로 물어뜯는 습성이 있다.

벌은 대단히 위험한 곤충이다. 대개의 벌은 그들이 살아가는 벌집을 건드리지 않으면 공격해 오지 않는다. 문제는 등산이나 제초할 때 자신도 모르게 벌집을 건드리게 될 때다. 벌집을 건드렸을 때를 대비하여 대처법을 알아두어야 한다. 나는 추석을 전후하여 벌초하거나 성묘를 할 때에 준비하는 것이 있다. 모기와 파리 등 해충을 잡는 에프킬라다. 분사하여 맞으면 벌이 죽을 수도 있으니 감히 접근을 못 한다. 벌이 있을 법한 곳에 갈 때는 벌에 쏘였을 때를 대비하여 응급조치 방법도 알아두어야겠다.

벌뿐만이 아니라 지구상의 모든 동물을 화나게 해서는 안 되겠다. 속담에 '쥐가 궁하면 고양이를 문다. 하룻강아지 범 무서운 줄 모른다.'라고 하였다. 소풍날 땅벌을 화나게 했던 녀석은 이제 성인이 되었으니 타인에게 누가 되는 행동은 안 하는 신사가 되어있으리라.

2017년 겨울

제2부

숲에서
길을
묻다

대관령 옛길을 걸으며

 승용차로 대관령을 넘을 때마다 언젠가는 대관령 옛길을 한 번 걸어보겠다고 생각하였다. 그런데 일행이 있거나 혹은 짜인 일정 때문에 마음만 있었을 뿐 수십 년 동안 실행에 옮기지 못했다. 무엇을 보기 위해 아니면 무엇을 얻기 위함인지는 몰라도 늘 마음 한편에 자리 잡고 있었다.

 드디어 대관령 옛길을 걷기 위한 기회가 찾아왔다. 대관령박물관에서부터 걷기를 시작했다. 정오를 조금 넘긴 시각이라 옛길의 절반을 뜻하는 반정까지를 목적지로 정했다. 하늘은 금방이라도 비를 뿌릴 듯 먹구름이 몰려오고 있었다. 소나무 향을 맡으며 작은 동산을 넘으니 조용한 농촌 마을이 나타났다. 요즘의 여관과 같은 곳이 있었던 '하제민원'이다. 주변에는 여러 채의 펜션이 보였다. 예나 지금이나 길손이 머무는 숙박시설이 있으니 의미 있는 마을이다.

맑은 물이 흐르는 계곡을 따라 본격적으로 걷기 시작했다. 봄소식을 알리는 벚꽃과 분홍빛 진달래가 길손을 맞이한다. 얼마나 많은 사람이 이 길을 오고 갔는지 길에 나타나는 바위는 흑백으로 나뉘어 있었다. 발을 디뎠던 곳은 돌이 닳아 하얗게 되었고, 발길을 벗어난 곳은 기나긴 세월의 이끼를 안은 채 검은색이다. 빗물에 파여 겉으로 드러난 나무뿌리는 등산객들에게 무수히 밟혀 아픈 상처를 보여준다.

등산객들이 옛 정취를 느낄 수 있게 복원해 놓은 주막터에서 잠시 휴식을 취했다. 고개를 넘던 선인들이 주막에서 숙식하던 모습을 그려보았다. 강릉 출신 신봉승 작가의 「대관령」이라는 시비가 있고, 그 옆에는 진달래가 군집으로 활짝 피어있어 사진으로 남겼다. 시 속에 '진달래 철쭉으로 불타는 산…'이 있어 진달래를 심었나 보다. 주변을 둘러보니 집터와 농경지의 모습이 남아있었다. 화전민들이 이곳에 정착하여 생활했으나 국가 시책으로 떠나게 되었을 것이다. 사람들은 떠났지만 오래된 복숭아나무 몇 그루가 지난 세월을 이야기하려는 듯 옛 터전을 지키고 있었다.

주막터를 지나니 계곡은 더욱 깊어졌다. 그동안 영동지방에는 겨울 가뭄이 심했는데도 골짜기에서는 맑은 물이 흘러내리고 있었다. 울창한 산림 덕분일 것이다. 청정 계곡이 아니면 쉽사리 볼 수 없는 물새의 비상을 보는 행운도 얻었다. 다람쥐도 사람을 무서워하지 않고 분주히 움직이며 같이 등산로를 오른다. 산은 겨울잠에서 깨어나고 있었다. 곧게 뻗은 소나무와 참나무 사이에서 자라는 잡목과 야생초들은 여린 잎을 틔우고 있다. 휴식 공간에 마련된 의자에 앉아 몸을 맡기니 삶에 지친 심신은 저절로 치료되는 것 같은 기분이다. 산속의 숲이 자연이고 나도 자연인이니 하나가 되어본다.

산을 오르다 보니 커다란 입간판에 신사임당이 친정어머니 곁을 떠나 시댁으로 가는 길에 대관령을 넘으며 읊은 시를 옮겨놓은 것이 보였다. '늙으신 어머님을 강릉에 두고 / 이 몸은 홀로 서울길로 가는 이 마음 / 돌아보니 북촌은 아득도 한데 / 흰 구름만 저문 산을 날아 내리네.' 또한 옛길에는 김홍도의 대관령 그림도 한 점 자리를 잡고 있는데 감상하고 가라며 오가는 사람들의 발을 붙잡는다.

대관령 옛길은 높고 험하여 옛 선인들에게는 애환이 서린 곳이다. 수많은 시인과 묵객들이 시를 읊고, 그림을 그린 길로 청운의 꿈을 안고 과거를 보러 가던 선비들과 등짐을 진 보부상들의 이야기도 숨어있다. 신사임당이 어린 율곡의 손을 잡고 넘은 길이고, 율곡의 친구인 정철은 강원도 관찰사에 부임하여 대관령을 넘나들며 관동별곡을 지었다. 평생 방랑하며 세상을 조롱하던 매월당 김시습도 이곳에서 대관령에 대한 한시를 남겼다. 또한 병자호란 당시에는 조선을 침략한 청나라 군대가 넘기도 한 아픈 역사의 길이다.

반정을 바로 눈앞에 둔 시점에서 기관 이병화의 「유혜불망 비」를 보았다. 옛날의 대관령 길은 민가가 없어 겨울에는 얼어 죽는 사람들이 많았다고 한다. 이를 안타깝게 여긴 강릉부의 향리 이병화는 개인의 재산으로 반정에 주막을 설치하였다. 행상인들이 순조 24년에 이병화의 은덕을 기리고자 반정 바로 아래에 비석을 세웠다고 한다. 지금 주막은 흔적이 없지만 어려운 사람들을 생각하고 배려한 이병화의 따뜻한 마음은 그곳에 남아있었다.

드디어 목적지인 반정에 올랐다. 흐르는 땀을 식히며 멀리 강릉시가지와 동해를 바라보았다. 흐린 날씨와 황사 때문일까 회색빛으로 희미하게 보였다. 옛길 밑으로는 고속도로 터널이 지나고 있다. 과거와 현재의 길이 크로스되어 묘한 감상에 젖었다. 산도 인생도 내려가는 것이 더 중요하다는 말을 생각하며 하산을 시작했다. 산을 오를 때 보지 못했던 수려한 풍광들이 새롭게 눈에 들어왔다. 계절마다 변화무쌍한 이곳의 자연 모습을 볼 수 있었으면 참 좋겠다는 생각에 마음은 벌써 여름을 달리고 있었다.

세상에는 수많은 길이 존재한다. 그 길에는 어느 곳이나 가슴 적시는 사연들이 남아있다. 짧은 시간이었지만 대관령 옛길을 걸으며 역사 속의 인물들에 대한 발자취를 뒤돌아볼 수 있음은 기쁨이었고, 잠시였지만 문명지대를 벗어나 모든 생명의 원천인 자연의 품에 안겨봄은 행복한 순간이었다.

2019년 봄

🌲 대룡산 정상에서

　드디어 정상이다.

　대룡산의 정상을 알리는 표지석 앞에 섰다. 태극기 휘날리는 깃대봉 정상은 899m다. 가쁜 숨 몰아쉬며 올라온 기쁨에 두 팔 벌려 표지석을 안아보았다. 하늘 아래 더 오를 곳이 없으니 한동안 주변을 둘러보았다. 싱그러운 바람을 온몸으로 맞으니 상쾌한 기분은 어떤 말로도 표현하기 어려웠다. 등산을 즐기는 사람들은 아마도 이 맛에 산을 오를 것이라는 생각을 잠시 해보았다. 함께한 일행들과 표지석을 배경으로 사진을 찍어 추억으로 남겼다.

　정상을 뒤로하고 아래쪽에 있는 전망대로 향했다. 습도 높은 여름날이건만 구름 한 점 없는 아주 쾌청한 날씨다. 미세먼지도 없고 운무도 없으니 눈에 보이는 온 산하가 맑고 깨끗하다. 시야는 멀리 화악산까지 선명하게 보였다. 우리 일행을 위해 특별히 보내준 선물 같은 날씨다. 호반의 도시 춘천시가 한눈에 들어왔다. 춘천 시내의 전경 모습을 한눈에 볼 수 있는 최적의 전망대가 바로 그곳에 있었다. 도시는 호수와 산들이 조화롭게 어우러져 아름다움을 더했다.

그동안 춘천에서 생활하며 거닐던 도시를 떠올리며 눈 여행을 시작했다. 한 세기 전의 시가지 모습 사진과 비교하면 도시는 대변혁을 이루었다. 변화의 물결 속에 도시의 겉모습은 변해도 따뜻한 인정은 변하지 않았으리라. 가까운 이웃과 정을 나누며 살아온 세월이 쌓였기 때문이다. 전망대에서 만난 등산 동호인들은 매주 산을 오른다는 이야기를 들으니 그들이 몹시 부러웠다.

내가 춘천에 처음으로 발자국을 찍은 것이 초등학생 때니 세월이 많이도 흘렀다. 생애 처음으로 접한 전깃불을 보고 깜짝 놀랐던 순간이 떠오른다. 등잔불과 호롱불 밑에서 생활하던 농촌 촌놈이 처음으로 본 도시의 모습은 경이로움, 그 자체였다. 이렇게 시작된 춘천과의 인연은 직장 생활을 시작하고 아이들의 교육 문제로 정착하게 되면서 죽 이어졌다. 시간이 있을 때는 춘천의 모습을 보기 위해 산을 찾았다. 춘천의 진산인 봉의산을 비롯하여 안마산, 드름산, 금병산, 삼악산, 오봉산, 용화산 등에 올라 춘천의 모습을 눈에 담았다. 이렇게 춘천 근교의 산들을 올랐지만 유독 대룡산만 오르지 못했다. 언젠가는 오르겠다는 마음이 있었는데 함께 등산한 세 명의 친구들 덕분에 소원을 푼 셈이다. 이제 용기가 생겼으니 다음에는 아마도 혼자 대룡산을 오르고 있을 것이다.

춘천에는 아주 큰 용이 살고 있다. 강원도 춘천시 동내면에 있는 대룡산이다. 홍천의 가리산에서 뻗어 내린 산줄기는 이곳 대룡산에서 잠시 멈추었다. 춘천을 에워싸고 있는 분지의 산 중에서 제일 높은 산이다. 용은 상서로운 동물로 12간지의 동물 중에서 유일하게 우리가 눈으로 볼 수가 없는 동물이다. 용은 지구상에 존재하지 않지만, 최고의 자리를 지키고 있으니 참으로 아이러니하다. 예전에는 출세한 사람을 가리켜 개천에서 용 났다 하고, 꿈을 꾸어도 용꿈이 제일이라고 하였다. 본 사람은 없지만, 우리나라를 비롯하여 한자 문화권의 나라에는 용 자가 들어간 지명이 수없이 많다. 어디 지명뿐이랴, 상점이나 기관의 이름들도 용은 크게 환영을 받아 이름을 날리고 있다.

몇 해 전에 대단위 아파트 단지가 들어서며 새로 건립되는 중학교의 학교명을 공모한 적이 있었다. 한 문우 선생님이 응모하였는데 이분은 아이들이 큰 용처럼 큰 뜻을 품고 자라나기를 바라는 의미를 담아 대룡大龍으로 응모하였다. 자신의 제안이 심사위원들의 눈에 들어 대룡중大龍中으로 개교하게 되었다며 자랑스러워했다. 대룡산 아래 이 학교의 교가에는 '넓고 큰 뜻을 펼쳐나가는 대룡중학교'라는 가사가 있다. 춘천에는 대룡산의 큰 용과 대룡중에서 공부하는 작은 용들이 어울려 멋진 내일을 꿈꾸고 있다.

감상하던 눈길은 잠시 멀리 보이는 호수에서 멈추었다. 산과 호수와 도시가 조화롭게 어울려 참으로 아름답다. 예나 지금이나 춘천은 산과 물의 고장이다. 금강산에서 발원한 북한강과 설악산, 오대산에서 발원한 소양강 물길이 의암호에서 만난다. 조선시대 실학자 이중환은 전국을 현지답사하여 편찬한 지리서 『택리지』에서 춘천의 산수를 이렇게 평했다. "우리나라 수계水系로 가장 살기 좋은 곳은 대동강 수계의 평양이고, 둘째로는 춘천의 소양강 수계다." 춘천을 찾은 당대 내로라하는 묵객들은 아름다운 풍광에 취해 자연을 노래했다. 사람들은 누구나 뿌리를 내리고 살고픈 고장이 있을 것이다. 분단된 국토에서 춘천이 살기 좋은 도시 1위에 선정되기도 하였는데 그 이유를 알 것 같다.

하산을 시작했다. 우거진 숲에서 나오는 피톤치드를 마시며 꼬불꼬불 내려가는 하산 길은 발걸음도 가벼웠다. 등산로 가까이에는 산딸기가 빨갛게 익어있었다. 몇 알 따서 먹어보니 입이 즐겁다. 하산하여 올려다본 산은 큰 용의 위용을 자랑하며

당당한 모습으로 우리를 내려다보고 있었다. 어쩌면 오늘 밤에
는 용꿈을 꿀 것 같은 기분이 들었다. 저녁 식사를 할 곳으로
'대룡산 막국수' 집을 선택하고 산 이야기를 나누며 산행을 마
무리하였다.

아침에 집을 나서면 가장 먼저 눈길이 가는 곳은 대룡산이
다. 언제나 동쪽에 있는 대룡산에서 태양이 떠오르기에 해바라
기꽃처럼 시선이 머물게 되는 곳이다. 큰 용으로 우뚝 솟은 대
룡산은 발전하는 춘천을 계속 지켜볼 것이다. 바람이 있다면
어두운 밤에 산 정상에서 꿈꾸는 도시, 로맨틱 춘천의 야경을
바라보는 것이다.

2019년 여름

숲에서 길을 묻다

산이 부른다. 산에는 마음을 안정시키는 마술 같은 숲이 기다리고 있다. 마음이 울적하거나 생각에 몰두할 일이 있으면 숲으로 향한다. 나를 맞이한 숲은 언제나 평화로워 보였고 신비스러움으로 가득했으며 때로는 번뜩이는 영감을 선물하기도 하였다. 숲에서 있다 보면 새로운 나를 발견하게 된다. 숲은 쉬지 않고 일 년 365일 매일 변한다. 그 숲에서 계절의 순환을 직접 보고 느끼며 인생이 되는 길에 관해 대화를 나누곤 한다.

어린 시절에 내가 살던 집은 마을의 맨 위쪽의 산기슭에 있었다. 눈을 뜨면 보이는 숲의 풍경이 아름다웠다. 그 숲에서 또래의 친구들과 어울려 많은 시간을 보냈다. 풀피리를 불고 술래잡기도 하는 놀이터였다. 도라지나 잔대를 캐기도 하였으며 봄에는 찔레를 꺾어 먹고 가을에는 머루나 다래를 따서 먹었다. 숲이 주는 간식을 먹으며 모두는 즐거워했다. 꿩의 알을 줍

기도 하였고, 약삭빠른 꺼병이(꿩의 어린 새끼)를 잡겠다고 온 산을 헤매기도 하였다. 그 시절에 온몸으로 파고들었던 바람과 싱그러운 숲 냄새도 잊을 수 없다. 숲은 이렇게 아름다운 추억으로 남아 언제나 향수를 불러온다.

속세를 떠나 산에서 홀로 살아가는 사람들의 모습을 TV에서 여러 번 보았다. 산속에서의 삶은 결코 녹록지 않을 텐데도 수십 년 동안 자연을 벗하며 살아가는 모습이 사뭇 진지하다. 그들은 왜 산에서 홀로 살아가는 것일까? 다양한 이유가 있겠지만 사업에 실패했거나 지인들에게 사기를 당해 재산을 탕진한 사람들이 많았다. 혹자는 병든 몸을 치유하기 위해 산을 찾았다고 이야기한다. 그들이 아픈 몸과 마음을 치유하고 건강한 삶을 살아가는 원동력은 과연 무엇일까? 아마도 그것은 마음속에 잠재해 있던 무거운 짐들을 모두 내려놓고 홀가분하게 살았기에 가능했을 것이다. 또한 살아가며 외로움이 있을지라도 숲속의 자연에 동화되어 하나가 되었기에 행복한 일상을 보내게 되었을 것이다.

초록의 숲속은 조용한 것처럼 보이지만 소리 없는 전쟁터다. 동식물들은 살아남기 위해 생존전략을 가지고 처절하게 경쟁을 벌인다. 숲속의 식물들은 자연의 섭리에 따라 한자리에서 생사를 겪지만 주어진 환경에서 최선을 다해 성장한다. 척박한 바위틈새에도 뿌리를 내리고 살아간다. 모든 식물은 뿌리에서 물과 양분을 빨아들이고 햇빛을 차지하기 위해 잠시도 쉴 틈이 없다. 어느 하나라도 부족하면 숲에서 살아남지 못한다. 숲속의 모든 식물은 다음 세대를 위해 꽃을 피우고 씨앗을 만들어 새로운 생명의 탄생을 준비한다. 나무들은 수령을 다하면 미련 없이 흙으로 돌아가 새 생명을 키워낸다. 숲을 건강하게 만드는 것은 서로 경쟁하면서도 타협하며 상생의 길을 찾아가는 지혜로움에 있었다.

숲은 어울려 살아가는 모습이 우리 인생사와 많이 닮았다. 숲속의 생명이 다양하듯이 인간 또한 서로 다른 색깔로 살아간다. 지하의 뿌리들이 서로 얽혀 있듯이 인간 세상 또한 복잡 다단한 사회생활을 벗어날 수 없다. 그 속에서 사람들은 누구나 짊어지고 가야 할 삶의 무게를 견뎌야 한다. 삶의 대가로 자신에게 주어진 책임을 완수하기 위해 늘 동분서주한다. 때로는 힘겨운 삶의 무게 때문에 좌절하기도 하지만 다시 일어서고, 새로운 희망을 꿈꾸며 삶을 개척한다. 경쟁하면서도 함께 어울려 살아가며 후대의 영광을 위해 힘쓰는 모습이 숲속의 생명들을 똑 닮았다.

세상을 비관하여 극단적인 선택을 하려던 사람이 숲에서 불어오는 시원한 바람을 맞으며 아름다운 풍경에 취해 잘못된 선택을 취소하고 하산을 했다는 이야기도 있다. 그 사람의 생명을 지킨 것은 바로 숲이 보내준 위대한 힘이다.

사람들은 왜 숲으로 가는가? 이유야 다양하겠지만 숲이 주는 많은 혜택을 받기 위함일 것이다. 숲은 피로를 푸는 휴식의 공간이고, 삶에 지친 심신을 치유하는 최적의 장소다. 그곳에서 숲과의 행복한 만남을 노래하고 마음에 평화를 얻는다. 숲이 인간에게 주는 이로움은 돈으로 계산할 수 없다. 이렇게 고마운 숲은 결코 사람들을 위해 맹목적으로 존재하지 않음을 알아야 한다. 세상에는 공짜가 없다고 한다. 얻기 위해서는 숲을 잘 보존하고 사랑해야 한다. 인간의 욕심에 의해 지구상의 많은 숲이 사라지고 있음은 안타까운 일이다. 숲이 사라지면 지구에서 살아가는 모든 생명체의 안전을 보장할 수 없다.

현직에 있을 때는 가끔 아이들을 숲으로 데려갔다. 시골 아이들은 선생보다도 숲에 대해 아는 것이 많았다. 먹을 수 있는 식물과 열매를 알고 있기에 저만치 앞서가며 자신이 터득한 자연에 대해 열변을 토한다. 열매를 따겠다고 다람쥐처럼 나무를 오를 때는 마음을 졸였다.

아스콘이나 인도 블록의 길을 걷던 도시 아이들의 눈빛은 경이로움으로 반짝였다. 집에서 먹는 마늘이나 파는 알지만, 밭에 심겨 있을 때는 그 모양을 모르는 아이들이다. 어느새 그들은 상기된 얼굴로 신바람 나게 숲속의 다양한 생명과 이야기를 나누고 있었다.

숲의 소중함을 알기에 관리자가 되었을 때는 가까운 곳에 등산로를 만들어 주었다. 묘지와 산을 훼손한다고 반대하던 산주도 아이들에게 꿈을 심어주자고 부탁하니 허락해 주었다. 등산로를 오르내리며 숲을 접한 아이들은 그 느낌을 멋진 시와 그림으로 표현했다. 그 길에서 자연이 주는 선물을 받고 자란 아이들은 성인이 된 훗날에도 숲을 사랑하며 인생의 길을 논할 것이다.

숲속에는 본래 길이 없었다. 사람들에 의해 길이 만들어졌을

뿐이다. 그 길에서 사람들은 숲속의 생명과 삶에 관한 대화를
나눈다.

"많이 힘들지, 시간이 지나면 모든 게 잘될 거야."

참으로 위대한 숲이 주는 이야기에 귀 기울여본다.

2021년 봄

🌲 산까치의 울음

강릉에 사는 아들네가 다니러 왔다. 어린 손자는 잠시도 가만히 있지 못하고 몹시 분주하다. 아래층 집에 누가 될까 봐 손자를 데리고 아파트 단지의 놀이터로 향했다. 손자는 갑자기 발걸음을 멈추고, 땅바닥을 주시했다. 어디로 가는지 개미들이 줄을 이어 기어가고 있는 모습을 유심히 보았다.

"할아버지 이 개미들 죽일까?"

갑작스러운 물음에 총을 가지고 사냥을 하던 젊은 시절이 문득 떠올랐다. 당황한 마음을 뒤로하고 다음과 같이 답했다.

"개미가 많이 아파할 텐데. 가족이 있는 집으로 가라고 그냥 보내주면 어떨까?"

유아원에 다니는 손자는 나를 보고 싱긋 웃음을 보이더니 고개를 끄덕였다. 놀이터로 달려간 손자는 시간 가는 줄 모르고 신바람 나게 뛰어놀았다. 나이가 들면 자연스레 배우겠지만 작은 미물일지라도 생명의 소중함을 알았으면 좋겠다고 생

각했다.

  내가 공기총을 사들인 것은 시골 학교로 전출한 지 얼마 되지 않아서였다. 총을 거꾸로 하여 땅바닥에 놓고 찧어 공기가 압축되면 총의 기능이 발휘될 수 있다. 실탄은 납으로 만든 산탄과 외알탄을 사용한다. 나는 시간이 있을 때 총을 메고 사냥을 나섰다. 내 모습이 보기 좋았는지 동료 직원들과 군부대에 근무하는 군무원들도 몇 명이 총을 구입했다. 그들이 산 총은 가스총으로 나의 공기총에 비하면 위력이 상당했다.

  휴일이면 그들과 함께 산으로 계곡으로 사냥하러 다녔다. 목표물은 토끼도 있지만 대부분 꿩이나 들꿩, 비둘기 등 산새들이다. 그날의 수확물은 참여한 인원들의 공동소유로 술안주가 되었다. 높다란 미루나무 꼭대기에 앉아있는 참새 떼를 향해 산탄이 장전된 총의 방아쇠를 당기면 몇 마리씩 우수수 떨어지곤 했다. 어느 날 사모님 한 분은 남자의 정력에 좋다며 약으로 쓰신다고 청설모를 한 마리만 잡아달라고 부탁을 하였다. 이른 아침 잣나무 숲에서 청설모 두 마리를 잡아드리니 고맙다는 인사를 두 배로 받기도 했다.

조상님에게서 물려받은 사냥에 대한 유전자가 있어서일까 나는 어린 시절부터 친구들과 어울려 사냥하기를 좋아했다. 말이 사냥이지 어찌 보면 놀이의 연장이라고 해야 맞을 것 같기도 하다. 한국전쟁이 끝난 지 얼마 안 되는 시기라 드넓은 들판은 황무지였다. 고철 수집가들은 포탄에 붙어있는 신주(황동으로 구리와 아연의 합금)를 얻으려고 탐지기를 동원하여 찾아다니던 시절이다. 그 벌판에는 푸른 하늘 높이 날아오르는 종달새들이 참으로 많았다. 종달새는 땅 위에 알을 낳고 품어 새끼를 키운다. 종달새의 집은 발견되면 어린 악동들의 표적이 되었고, 올무를 설치하면 어미 종달새는 백발백중 잡혔다. 잡힌 어미 새를 실에 매달아 싫증이 날 때까지 가지고 놀다가 날려 보냈다.

함박눈이 내린 날에는 눈을 쓸고 낟알을 뿌리면 참새 떼들이 몰려온다. 덫을 설치하여 참새를 잡기도 했다. 추운 겨울에 어둠이 내리면 초가지붕 처마 밑에 들어가 밤을 보내는 참새를 잡기 위해 사다리를 동원했다. 잡은 참새는 불을 피워 단백질과 지방이 부족한 시골 아이들의 입을 즐겁게 만들었다. 뽕나무 가지에서 노닐고 있는 다람쥐를 잡기 위해서는 무차별적으로 돌멩이를 던져야 했다. 놀란 다람쥐가 땅에 떨어져 손으로 잡았는데 손가락을 물려 피를 보기도 했다.

바람이 부는 가을날 나는 홀로 총을 메고 사냥을 나섰다. 그동안 새들을 많이 잡은 탓일까 아니면 추위 때문일까? 새들은 보이지 않고, 산골짜기를 타고 흐르는 바람만이 윙윙거리고 있었다. 산등성이를 향해 오르고 있었는데 산까치가 눈에 들어왔다. 참나무 꼭대기에 앉아있는 산까치를 향해 방아쇠를 당겼다. 나무에서 떨어지는 까치를 보고 쾌재를 불렀다. 날개를 맞은 산까치는 퍼덕거리며 내가 있는 쪽으로 굴러 내려왔다. 까치를 따라서 마른 낙엽도 서걱대며 함께 굴러왔다. 큰 수확물은 아니지만 집어 들고 집으로 향했다.

"깍깍 깍깍"

산까치 한 마리가 계속 따라오며 울어댔다. 처음에는 대수롭지 않게 여기며 가던 길을 재촉했다. 꽤 멀리 왔는데도 계속 울며 나의 머리 위를 맴돌았다. 내 손에 들려있는 까치 때문이 아닐까 하는 생각이 문득 들었다. 들고 오던 산까치를 멀리 던져버리자 주위가 조용해졌다.

'아! 울며 나를 따라오던 산까치는 분명 절박한 이유가 있었을 것이다. 함께 살아가는 정이 두터운 한 쌍이었다면……'

그동안 사냥으로 아픔을 준 동물들에게 미안한 마음이 들어 결단을 내렸다. 함박눈이 내리는 날 총을 들고 경찰서로 향했다. 총이 필요 없으니 잘라버리라고 하였다. 시원섭섭한 마음으로 경찰서 문을 나서는데 산까치의 울음이 가슴 깊숙한 곳에서 들려왔다. 또한 즐거웠던 사냥이 아픈 기억이 되어 떠올랐다. 잣나무 높은 가지에 있는 청설모를 쏘았을 때 하얀 눈밭에 떨어진 붉은 핏방울들……. 총알을 맞은 청설모는 사력을 다해 나무를 안고 끝내 떨어지지 않았다. 초가지붕에 앉아 있는 새매를 쏘았는데 날개를 맞아 퍼덕이며 굴러떨어지던 모습도 생각났다.

그동안 내가 행했던 사냥 목적은 과연 무엇이었을까? 대체로 사냥의 목적은 크게 경제성과 오락성의 형태로 나눌 수 있을 것이다. 경제성이라면 식용, 약용, 모피의 획득, 농작물의 보호 등이 있을 것이고, 오락성으로는 운동, 취미, 성취감, 스트레스 해소, 친목 등의 목적이 있을 것이다. 아무리 생각해 보아도 내겐 목적에 꼭 들어맞는 단어가 없으니 결국은 맹목적인 살생을 하였음이 아니던가. 신라의 화랑들이 지켜야 할 계율인 세속오계世俗五戒 중에는 살생유택殺生有擇이란 덕목이 있다. 그것은 산 것을 죽임에는 가림이 있다는 뜻으로 우리 마음속에 자라고 있을 잔인함을 누르고, 무심함을 일깨우려는 것이었다.

산하가 온통 꽃 잔치를 벌이고 있다. 이 축복의 계절에 온갖 새들의 지저귐은 환상적인 음악의 멜로디로 들린다. 그런데 까마귀 울음소리가 듣기 거북한 것을 보면 아직도 마음속 깊은 밑바닥에는 지워지지 않은 사냥의 그림자가 서성거리고 있음이 아닌가?

2016년 여름

🌲 거미 관찰

고추잠자리가 떼 지어 날아다니는 가을의 어느 일요일이다.

학교 야외화장실 쪽을 유심히 바라보는 아이가 있었다. 슬 그머니 다가가 무엇을 하느냐고 물었다. 거미줄을 보고 있다 고 말했다. 거미가 어떻게 거미줄을 만들고, 거미줄에 걸린 먹 이를 어떻게 하는지 보고 있다는 것이다. 화장실 옆면을 보니 왕거미가 만든 커다란 거미줄이 보였다. 나도 그 아이의 옆에 서 한참 동안 거미줄을 바라보았다. 날아다니던 잠자리가 거미 줄에 걸리자 처마 밑에 숨어있던 거미가 쏜살같이 내려와 꽁무 니에서 줄을 뽑아 움직이지 못하도록 묶어놓고 사라졌다. 나는 아이의 등을 두드리며 좋은 공부를 하고 있다며 격려하고 자리 를 떴다.

궁금증이 일어 어둠이 내리는 시간에 다시 그 장소로 향했 다. 오전에 만났던 아이는 그곳에서 미동도 없이 거미줄을 바

라보고 있었다. 점심을 먹고 다시 왔다고 한다. 보통 아이들은 거미를 좋지 않은 시선으로 바라본다. 무서운 독거미를 떠올리는 선입견 때문일 것이다. 그런데 이 아이는 끈질기게 온종일 거미 관찰에 매달리고 있었다. 내가 알고 있는 거미에 대한 단편적인 지식을 들려주었다. 이 세상에는 수많은 곤충이 존재하는데 거미는 곤충이 아니며 거미목에 속하는 절지동물이고, 종류도 다양하다는 등의 이야기를 했다. 듣는 모습이 무척 진지하다.

아파트 베란다 앞쪽에는 늘 보아도 작은 거미가 쳐놓은 거미줄이 있다. 아내는 아침마다 거미를 잡기 위해 긴 막대를 사용하지만, 거미는 재빠르게 도망을 간다. 느릿해 보이는 거미가 무척 빠르다는 사실을 새삼 알게 되었다. 사실 거미는 자연생태계에서 수많은 해충을 먹이로 하는 유익한 동물이다. 주변을 살펴보면 어느 곳에나 거미줄이 있다. 숲속을 지나다 보면 수없이 나타나는 거미줄 때문에 불편하기도 하지만 유익한 동물이라고 받아들이면 마음이 편해진다. 거미는 이 지구상에 없어서는 안 될 소중한 존재들이다. 집 안으로 들어오려는 해충을 막아주는 거미를 잡는 것이 잘하는 일인지 모르겠다.

수십 년 전에 거미를 관찰하던 아이를 떠올렸다. 끈질긴 지구력과 관찰력이 풍부한 그는 생활 속에서 한 단계 업그레이드된 삶을 살아갈 것이다. 어쩌면 생물학자가 되어있을지도 모를 일이다. 더 나아가 사리사욕을 위해 사악한 인간이 쳐놓은 그물망에는 절대로 걸리지 않을 것이다.

2018년 겨울

♣ 먹이사슬

오래전에 닭을 기른 적이 있다. 병아리가 자라서 어미닭이 되는 과정을 지켜보았다. 닭이 크게 되니 닭장을 넓혀주었다. 어느 날 아침 닭장을 둘러보다 깜짝 놀랐다. 닭 몇 마리의 머리가 잘렸고, 내장이 사라졌다. 이것은 틀림없이 들짐승의 짓이라고 단정 지었다. 밤에 일어난 사건이니 맹금류는 아닐 테고 족제비가 아니면 살쾡이의 짓일 것이다. 머리가 나쁨을 닭대가리라 비유하지만 어찌 외마디 소리도 못 질렀단 말인가. 씁쓸한 마음으로 사건의 주범인 놈을 욕했다. 그날 머리 없는 닭들은 이웃에 사는 노인분의 영양식이 되었다.

희생된 닭은 먹이사슬의 상위 소비자에게 먹힌 것이다. 지금 이 순간에도 지구촌의 육상과 해양에서는 온갖 생물들의 살아남기 위한 생존경쟁이 치열하다. 생태계에서는 자연의 섭리에 따라 먹이사슬이 형성된다. 먹이사슬의 사전적 의미는 생물계에서 여러 생물들이 잡아먹고 잡아먹히는 관계를 말한다. 쉬운 예로 풀을 양이 먹고 양은 늑대의 밥이 된다. 풀을 메뚜기가 먹고, 메뚜기는 개구리에게 잡아먹히며 개구리는 뱀이 먹고, 뱀은 매가 채간다. 즉 식물은 초식동물이 먹고 초식동물은 육식동물이 먹고, 그 동물은 또 다른 육식동물이 먹는 관계가 형성된다. 생산자에서 시작된 소비형태는 1, 2, 3, 4차 소비자를 거치며 다양한 그물형태가 된다. 자연환경이 잘 보조된 지역은 먹이그물이 잘 짜여 건강한 생태계를 이룬다.

세계 곳곳에서 먹이사슬이 깨지고 있다.

사람들은 먹이사슬의 최고 정점에는 만물의 영장인 인간이 있다고 말한다. 인간들은 자신들의 이익을 위해 무차별적으로 자연환경을 훼손하고 있다. 생산성을 높이기 위해 사용하는 농약 때문에 논밭에서 살았던 메뚜기와 쇠똥구리 등 곤충들은 자취를 감춘 지 오래다. 온갖 쓰레기와 화학 물질들이 육상과 해양 그리고 대기를 오염시키고 있다. 그 결과 자연계의 수많은 생물들이 지구상에서 멸종되거나 멸종의 위기를 맞고 있다.

환경오염으로 얼룩진 세계 곳곳에서는 기형의 식물과 동물들이 나타나고 있다. 지구 온난화는 대기오염으로 가속화되고 있다. 북극과 남극의 만년설과 빙하가 모두 녹는다면 인간에게 닥칠 재앙은 멸망수준이 될 것이다. 북극의 영구동토 층에 얼

어있던 유기물들이 녹으면 잠자고 있던 미지의 바이러스 출현
으로 인간세상이 공포의 나락으로 떨어질 수도 있다.

  오염되지 않은 청정 환경에서는 어떤 병원성 세균이나 바이
러스도 살아남지 못한다. 그 막강한 힘은 안정화된 자연생태계
의 먹이사슬에서 나온다. 이제 인간은 지구의 위기를 눈앞에
두고 어디로 갈 것인가에 대해 선택의 기로에 놓여있다.

2020년 가을

▲ 올챙이와 장다리꽃

아이들을 데리고 논으로 갔다. 한 무더기 올챙이알을 건져서 수조에 담아왔다. 교실 창가에 놓아두고 개구리가 되는 과정을 알아보자고 했다. 알이 담긴 수조 옆에는 화분에다 무씨를 심어놓았다. 무씨는 어떻게 싹을 틔우고 자라는지도 관찰해 보자고 했다. 마음이 성급한 아이들은 다음 날부터 창가로 몰려가 올챙이가 나오지 않는다고, 무씨가 싹이 트지 않는다며 성화다. 그때마다 나의 대답은 한결같이 기다려보자는 것이었다.

드디어 알에서 부화한 올챙이들이 수조 안에서 꼬물거리며 움직였다. 아이들은 교과 시간이 끝나면 올챙이를 보러 창가로 몰려들었다. 나는 올챙이를 돌보느라 일이 늘어났다. 수조가 작으니 물을 갈아주는 수고스러움도 감수해야 했다. 어느 날 아이들이 하는 말이 올챙이 숫자가 줄어들었다면서 누군가가 올챙이를 가져갔다는 것이다. 그동안 아이들은 수조 안의 올챙

이 숫자를 세고 있었다. 자세히 보니 숫자가 많이 줄어들어 보였다. 아차! 먹이를 주지 않았음을 그제야 알았다. 모든 생물은 먹지 못하면 살아갈 수 없음을 모르는 바가 아닌데 먹이 줄 생각을 잊고 있었다. 약육강식이 수조 안에서 벌어진 것이다. 튼실한 올챙이가 약한 올챙이에게 계속 따라붙고 있음을 보았다. 올챙이 먹이를 파는 시절이 아니었기에 달걀노른자와 멸치 가루 등 먹이를 준비했다.

며칠이 지나자 무씨가 싹을 틔웠다. 아이들은 신기한 듯 싹을 바라보았다. 태양을 잘 받은 탓인지 쑥쑥 잘도 자랐다. 호기심 많은 아이들의 손길이 잎으로 갔다. 아이들은 집에서 먹는 통통한 무를 떠올리며 잘 크라고 연신 물을 주었다. 물을 많이 주면 뿌리가 썩는다고 해도 어느새 물받이는 물이 넘쳤다. 무는 위로만 자라더니 장다리 끝에 꽃망울을 매달았다. 열십자연한 보라색 꽃이 만발했다. 무를 보려다 장다리꽃을 관찰했다. 장다리꽃에는 벌과 나비는 찾아오지 않았지만, 아이들에게는 소중한 꽃으로 기억되었을 것이다. 식물이 싹을 틔우고 자라며, 꽃을 피워 열매를 맺음에는 다 때가 있음을 알아야 했음이다. 어디 식물뿐이랴. 인간을 제외한 동물들도 다 때를 알고 둥지를 튼다.

올챙이와 장다리꽃에 대해 끝없이 질문을 던지던 아이들이 그립다. 이 세상에 존재하는 모든 생물은 스스로의 생명력으로 살아가는 지구의 주인들이다.

2018년 여름

🌲로드 킬

   늦은 밤 승용차를 운행하고 있었다. 자동차 불빛에 전방에서 반짝이는 두 개의 빛을 보았고, 급히 브레이크를 밟는 순간 "팡" 하는 소리가 들렸다. 자동차 바퀴에 치인 것은 고양이였다. 어두운 밤에 길을 횡단하다 강한 불빛을 피하지 못하고, 자동차로 달려들어 로드 킬을 당한 것이다. 미안한 마음을 안고

집으로 향했다. 야간에 운전할 때는 그때의 장면이 떠올라 속력을 줄이게 된다.

추석을 앞두고 조상의 묘를 벌초하는 날이다. 작은 아이와 이른 아침에 승용차를 운전하여 산소로 향하고 있었다. 도로에는 안개가 자욱하게 끼어 시야가 멀리 확보되지 않았다. 굽은 도로를 지나는데 갑자기 대형 트럭이 중앙선을 넘어 달려들었다. 급히 운전대를 오른쪽으로 돌렸다. 내 차와 트럭이 교행하며 스친 거리는 불과 30cm도 안 되었을 것이다. 아이는 거의 충돌 직전이었다고 말했다. 나는 놀란 가슴을 뒤로하고 별일 아니라며 내색을 하지 않았다. 순간적으로 사고를 당할 위기를 넘긴 것이다. 짙은 안개 때문에 속력을 줄였고, 방어운전을 한 것이 대형 사고를 막은 것이다. 내리막길에서 속력을 내어 내려오는 트럭과 승용차의 충돌은 생각만 하여도 끔찍한 일이다. 백미러를 보니 트럭은 어느새 안개 속으로 사라져 보이지 않았다. 트럭 운전기사는 새벽이라 잠이 덜 깬 것이 아니라면, 안개 때문에 교행하는 차를 미처 발견하지 못하였을 것이다. 놀란 가슴을 안고 운행을 하며 도로상에서 행해지는 무수한 교통사고를 떠올렸다.

다섯 살이던 큰아들은 여름날 외가에 가 있었다. 근무 중에 급한 연락이 왔다. 아이가 자동차 사고를 당했다는 내용이었다. 한창 자유분방하게 뛰놀던 아이가 도로에 뛰어들었고, 달려오던 트럭과 정면충돌을 한 것이다. 목격자의 말로는 공중으로 날아가서 아스팔트 도로에 떨어졌단다. 급히 병원으로 후송하여 검사받은 결과 생명에는 지장이 없으니 안정을 취하고, 찰과상과 타박상을 치료하면 된다고 하였다. 만약 운전기사가 브레이크를 급히 밟지 않았다면 2차 사고로 이어질 수도 있는 상황이었다. 도로에서 교통사고로 소중한 생명을 잃었다는 이야기를 주위에서 여러 번 들었던 터라 걱정이 컸었는데 천만다행이었다. 한마디로 운이 좋았다. 어린 나이라 교통사고의 무서움을 모를 것 같아 교통안전에 관해 이야기를 해주었다.

평창에서 근무할 때 장평까지는 고속도로를 이용하였다. 이른 아침 도로를 달리다 보면 참으로 많은 동물의 사체가 처참하게 죽음을 당해 도로의 곳곳에 누워있음을 보았다. 어두운 밤에 고속도로를 횡단하다 차에 치여 죽은 동물들이다. 고라니, 너구리, 족제비, 다람쥐, 들고양이 등 종류도 다양하다. 누군가는 처리해 주었으면 좋으련만 아주 큰 동물을 제외하고는 대부분 도로상에 방치된다. 계속하여 달리는 자동차 바퀴에 수없이 밟히다 보면 어느새 가루가 되어 부는 바람에 흔적도 없이 사라져 버린다. 봄비가 내리는 날 시골의 아스팔트 길에는 개구리들이 납작하게 포가 되어 깔려있다. 산에서 월동한 개구리가 시냇물을 찾아 도로를 횡단하다 자동차 바퀴에 깔려 떼죽음을 당한 것이다.

차에 치여 죽는 것이 어디 동물들뿐이겠는가? 자동차의 성
능이 좋아지고, 숫자가 매년 증가하니 이에 비례하여 교통사고
건수도 함께 올라간다. 교통사고의 원인은 자동차 운전자와 행
인 모두에게 있다. 바삐 가려고 속력을 높이는 운전자와 가까
운 거리를 무단 횡단하는 행인들에 의해 사고 대부분이 발생한
다. 또한 본인이 의도치 않아도 사람들의 무책임한 행동이 돌
이킬 수 없는 끔찍한 교통사고를 유발한다. 무면허 운전자, 음
주 운전자, 정신이상자 등이 교통사고 유발에 동참하고 있다.
교통사고 사망에 대한 사고 건수가 많다 보니 이제는 매스컴에
서조차 다루지 않는다. 도롯가에는 교통사고를 내고 도주한 뺑
소니 차량을 본 목격자를 찾는다는 현수막이 걸려있다.

현재 우리나라의 도로 길이는 약 11만 km에 도로 비율은 세
계 1위이고, 자동차의 숫자는 2,000만 대가 넘는단다. 고속도
로와 국도, 지방도에서 한 해 동안에 약 30만 마리의 야생동물
들이 목숨을 잃는다는 통계가 있다. 안타까운 일이다. 인간의
편리함을 위해 만든 도로가 야생동물들에게는 죽음의 길이 되
고 있다. 말 못 하는 동물들의 로드 킬을 막기 위한 노력으로
생태이동통로와 울타리 등을 설치하나 아직은 효과가 미약하
다. 영국에서는 시민들의 SNS 제보로 로드 킬 지도를 완성했

고, 미국은 도로 반경 1km 내에 동물이 접근하면 운전자가 알수 있도록 사전 안내 시스템을 운영하고 있다.

내가 자동차 운전면허를 취득하고, 승용차를 최초로 사들인 것은 1988년이다. 처음에는 사고의 두려움 때문에 얌전하게 운행하였다. 그런데 경력이 붙으면서 운전 습관이 잘못되어 가고 있었다. 속도위반, 안전띠 미착용, 주차 위반 등 교통법규를 위반하여 범칙금을 물었다. 좁은 골목길에서 후진하다 담장을 받기도 하였고, 앞에서 운행 중인 차를 추돌하기도 했다. 한눈팔며 차를 운행하다 도로를 무단 횡단하는 사람을 충돌 직전에 피하기도 했다. 순간의 방심은 교통사고 사망으로 이어지기에 잘못된 운전 습관을 바꾸기로 마음먹었다. 지금은 같이 탄 지인들로부터 베스트 드라이버라는 칭찬을 듣기도 한다.

이 세상에 생명이 있는 것은 모두가 소중하다. 동물과 사람들이 차에 치여 죽지 않고, 상생하는 행복한 세상을 그려본다.

2018년 가을

노상방뇨(路上放尿)

여름방학을 앞두고 평창 진부에 있는 월정사로 체험학습을 떠났다.

먼저 오대산으로 향하는 길목에서는 높다란 전나무들의 사열을 받았다. 사찰 앞에 도착하니 녹음 짙은 여름날의 풍경이 우리를 반겼다. 들뜬 기분으로 부산스럽게 행동하는 아이들의 마음을 진정시키며 사찰 경내를 둘러보았다. 직접 눈으로 보고 이야기를 들으며 배우는 체험학습은 빠르게 끝났다.

차량이 대기한 주차장으로 향했다. 운전기사의 얼굴을 보니 편치 않아 보였다. 이유를 알아보니 노상방뇨로 경찰에 적발이 되었다는 것이다. 학생들이 차에서 내린 후에 소변이 급해 길가에 있는 나무에다 실례하였단다. 마침 시내버스를 타고 오던 경찰이 보았고, 경범죄로 범칙금 통지서를 발부받았다는 것이다. 경찰관을 만나서 운전하신 분은 학부모인데 생업을 뒤로하고 봉사를 나온 분이니 선처해 달라고 사정을 하였다. 경찰관은 아이들을 위해 운행한 일은 고마운 일이나, 학생들을 태우고 운행하는 기사이기에 더더욱 모범을 보여야 한다고 말했다. 씁쓸한 마음을 안고 일정을 마무리하였다.

대로변에 있는 학교의 교문 안쪽 담장은 소변으로 몸살을 앓았다. 쉬는 시간에 3층 교실에서 운동장을 내려다본 아이가 소리친다.

"선생님, 할머니가 교문에다 오줌을 눠요."

창문을 통해 보이는 모습은 차마 눈 뜨고 보기에 민망스럽다. 신체 일부까지 노출하고 방뇨를 하니 참으로 딱한 노릇이다. 학교와 인접한 곳에는 5일마다 열리는 풍물시장이 있었다. 그곳에는 저렴한 먹을거리들이 많기에 지갑이 얇은 노인들에게는 인기가 매우 높다. 시장 구경을 하고 출출해지면 막걸리로 배를 채우는 노인들이 있게 마련이다. 취기가 올라 기분 좋게 시장을 떠났는데 갑자기 배설이 필요한 생리작용이 일어났다. 화장실이 안 보이니 대로변에서는 어찌할 수 없고, 사람들의 눈을 피해 택한 장소가 교문에 붙어있는 담장 안쪽이다. 이런 장면을 목격하는 날에는 아이들에게 공중도덕 수업의 좋은 자료가 되었다.

도시의 골목길을 걷다 보면 노상방뇨를 하지 말아 달라는 문구들이 보인다. '소변 금지'라고 쓰인 장소는 대부분 전봇대가 있거나 골목길의 후미진 곳이다. 이런 문구들이 있는 곳을 지날 때는 공기부터가 오염되었으니 자연히 눈살을 찌푸리게 된다. 무단방뇨 금지를 알리는 글이 있어도 방뇨가 계속되니 경고성 문구는 더 강력해진다. '노상방뇨 절대금지(개 포함), 오줌을 누는 사람은 개만도 못한 인간, 오줌 쌀 땐 좋아도 걸리면 죽어, …….' 이 얼마나 무시무시한 경고들인가.

세계의 많은 나라에서는 문화적 차이는 있겠지만 노상방뇨에 대해 공공질서를 해치는 행위로 보아 법적으로 금지하고 있다. 아주 높은 범칙금을 물리거나 형사처벌이 가해지기도 한다. 미국을 예로 들어보면 버지니아주는 노상방뇨를 '1급 경범죄'로 취급하여 최대 징역 1년이나 벌금 2,500달러까지 선고할 수 있고, 전과 기록으로 남긴다. 2014년 4월 오리건주 포틀랜드시에서는 한 10대 청소년이 상수도 취수원에 방뇨하였다. CCTV로 이를 확인한 시 수도국은 회의를 통해 3,800만 갤런(1,440만 톤)의 물을 모두 방류했다고 한다. 모든 시민이 한 달 이상 마실 수 있는 어마어마한 양이었다. 소년의 1회 소변량이 3,800만 갤런의 물에 어떤 영향을 미쳤는지는 과학적으로 설명이 불가능하나 미국인들의 방뇨에 대한 혐오감은 참으로 대단하지 않은가.

우리나라는 노상 방뇨에 대해 비교적 관대한 편이다. 길거리에서 소변이 마렵다는 손자에게 노상방뇨를 시켰다면 현장을 목격한 누구라도 괘념치 않고 지나친다. 무단방뇨는 가벼운 범죄행위로 보아 경범죄 처벌법상 범칙금을 부과하는데 소액이니 예방에 큰 효과를 거두지 못한다.

경범죄 처벌법을 보니 내가 미처 몰랐던 경범죄의 종류는 노상방뇨, 쓰레기 무단투기 등 수십 가지나 된다. 적발되지 않았을 뿐이지 지금의 법대로라면 나는 인생의 뒤안길에서 경범죄를 수없이 저질렀음을 부인할 수 없다. 다만 모르고 저지른 죄는 용서받을 수 있으나, 알고 저지른 죄는 용서받을 수 없는 것이라고 자신을 위안한다. 신이 아닌 이상 보통 사람들이 경범죄에서 완전히 벗어난다는 것은 불가능하지 않을까? 노상방뇨를 포함하여 경범죄가 춤추는 사회를 생각해 보는 하루였다.

2018년 봄

🌲 퇴비 증산

낯을 가지고 장난을 치다가 한 녀석이 친구의 허벅지를 찍었
다. 깜짝 놀란 아이들이 내게로 달려와 상황을 전했다. 급히 달
려가 보니 교실은 온통 피바다가 되어 있었다. 상처가 깊어 입
을 벌리고 있는 듯이 보였다. 시골에 의원이 있을 리 없고, 마
을에는 단 한 대의 차량도 없으니 병원으로 후송하기도 어렵
다. 불행 중 다행인 것은 선생님 중에 한 분이 자격증은 없지만
간단한 치료는 할 수 있는 분이셨다. 상처를 보더니, 임시처방
으로 우선은 수술이 필요하다고 하며 상처를 꿰맸다.

버스를 타고 병원으로 갔다. 의사는 의아한 눈으로 상처 부
위를 보더니 누가 수술을 했느냐고 물었다. 결론은 자기보다도
더 잘 꿰맸다는 것이다. 초기에 치료해 준 선생님 덕분에 간단
한 치료를 받고 돌아왔다. 이 선생님은 자격증 없는 수의사였
다. 소가 병이 나면 마을 사람들이 찾아왔는데 늘 무료봉사를
하셨다.

이 사건의 발단은 퇴비 증산에 있었다. 당시에는 농사를 지으려면 가축의 배설물이나 풀을 베어 퇴비를 만들어 사용했다. 마을별로 퇴비 베기 경진대회가 열리던 시절이다. 무게가 많이 나가는 풀을 베려고 냇가에 자라는 물봉선을 베어오기도 했다. 논에다 모를 심기 전에 마을 사람들은 품앗이로 갈잎(작은 참나무 가지의 잎)을 꺾어다 논에다 폈다. 집집이 퇴비를 만들어 논밭에 뿌리면 병충해 없이 잘도 자랐다.

얼마나 퇴비가 필요했으면 어린아이들까지 퇴비 생산에 동원했겠는가. 고학년 아이들이 퇴비를 베는 날이다. 전날 하교할 때 낫은 아주 위험한 물건이니 새끼줄로 감아올 것과 절대로 장난을 쳐서는 안 된다고 신신당부하였다. 퇴비 베기가 끝나고 교실을 비운 잠깐 사이에 일이 벌어졌다. 모든 것은 잘 지도하지 못한 선생님의 잘못이다.

내가 어릴 때만 해도 집집이 퇴비를 만들어 사용했다. 지금 시대에 풀로 퇴비를 만들어 쓰는 농가는 많지 않다. 중화학공업의 발달로 화학비료와 유기질비료가 공장에서 대량 생산되고 있다. 화학비료의 사용은 토질을 산성화시킨다. 내성이 생긴 병충해가 극성을 부리니 농약사용량은 해마다 늘어나고 있다. 농작물을 잘 씻어 먹는다고 해도 농약을 완전히 제거하기는 힘들다. 우리는 알게 모르게 농약을 섭취하고 있음을 알아야 한다.

이제 아이들이 퇴비를 생산하는 시대는 지나갔으니 대신에 아이들이 잘 자라도록 기름진 환경을 만들어 주어야 한다. 오염된 환경에 빠지지 않고 행복한 생활을 할 수 있도록 지혜를 모으는 노력이 필요하다.

2019년 여름

제3부

미친
사랑의
노래

청송에서 만난 객주

  청송으로 향하는 관광버스 차창 너머로 녹음이 짙어가는 5월의 풍경이 스쳐 지나간다. 춘주문인들은 1박 2일의 일정으로 문학 탐방을 떠났다. 목적지는 경상북도의 청송에 있는 객주문학관이다. 새로움을 만난다는 기대감에 오래전부터 출발을 기다려왔다. 가는 길에 주왕산과 송소고택을 잠시 둘러보았다.

  청송 문학의 산실인 객주문학관에 도착하니 문학관의 전경이 눈에 들어왔다. 넓은 부지에 규모가 큰 문학관이 자리 잡고 있었다. 객주문학관은 폐교된 진보 제일고등학교 건물을 증·개축하였다고 한다. 정원을 새로 꾸미는 공사가 한창이라 조금은 어수선하다는 느낌을 받았다.

  방을 배정받고 일행 모두는 대화의 시간에 한자리에 모였다. 김주영의 소설 『객주』를 이해하는 시간이다. 『객주』를 읽어보지 못한 나는 다만 이 소설이 조선 후기 유랑하는 보부상의 삶과 애환을 그린 대하소설이라는 정도로만 알고 있었다. 줄거리 요약에 대한 낭독이 있었지만, 등장인물들의 이름이 낯설게 지나갔다. 대하소설을 줄거리로 이해한다는 것은 말도 안 되는 소리임을 누군들 모르겠는가? 내일 작가와의 만남을 기약하며 대화의 시간을 마치었다.

밖으로 나오니 향긋한 솔바람이 5월의 훈풍을 타고 밀려온다. 청송군 진보면사무소가 있는 마을을 바라보니 불빛이 환하다. 산 중턱에 길게 늘어선 가로등 뒤쪽에는 교도소가 자리 잡고 있다고 창작스튜디오에서 근무하시는 분은 말씀하셨다. 지금은 자유롭지 못한 그곳 사람들의 말 못 할 사연들을 생각하며 잠자리에 들었다.

김주영 작가의 문학 특강 시간이 다가오고 있었다. 춘천의 김유정문학촌에서 해설사들에게 해마다 전국의 문학관을 탐방할 기회를 주어 여러 문학관을 찾았지만 생존하는 작가의 문학 강연은 처음 접하기에 많은 것이 기대되었다. 팔순을 바라보는 나이건만 강연장으로 들어서는 김주영 작가는 시골 마을에서 만나는 노신사처럼 첫인상부터가 좋아 보였다. 할 말이 별로 없다며 시작한 이야기에 모두 몰입하며 경청을 하였다. 젊은이 못지않은 열정과 재담으로 웃음까지 주니 시간이 어떻게 가는지 몰랐다.

김주영 작가는 분지인 이곳 진보면에서 출생하여 어린 시절을 보냈다. 그의 어린 시절은 혼절할 정도로 가난하였다. 감수성이 예민했던 유년 시절에 그는 하루에 한 번 오가는 버스를 보며 저기 타고 있는 사람들은 어떤 사람들인가 궁금해하였고, 장날에는 학교를 빠지며 장터에 나온 물건과 사람들에게 관심을 가졌단다. 이런 호기심은 그가 문학을 하는 데 밑바탕이 되었다고 이야기한다.

"호기심이 사람을 키운다. 끝없이 의심하라. 그리고 끝없이 물어보라."

작가는 힘주어 말했다. 또한 문학은 독자에게 위로를 주는 것이라며 푸시킨에 관한 이야기를 시작했다. 푸시킨은 러시아에서 가장 위대한 시인으로 꼽히며 근대 러시아 문학의 창시자로 여겨진다. 모스크바에 있는 푸시킨의 동상 앞에는 겨울인데도 생화를 바치는 사람들이 찾아온다는 것이다. 사후 180년이 지난 오늘까지도 푸시킨은 러시아 사람들에게 국민적인 존경을 받고 있다고 한다. '삶이 그대를 속일지라도'라는 시 한 편의 힘은 참으로 위대하다. 어쩌면 지금도 삶에 지친 러시아 사람 중에는 동상 앞으로 달려가 위로를 받는 이가 있을지도 모를 일이다.

1971년에 문단에 나온 작가는 호기심 많은 눈으로 세상을 관조하며 주옥같은 소설들을 남겼다. 소설 『객주』를 쓰기 위해

4계절 전국의 수많은 장터를 누비며 현장에서 소설을 썼단다. 『객주』는 5년간의 자료 수집과 5년간의 장터 순례, 4년 9개월에 걸쳐 서울신문에 연재되었기에 그는 〈길 위의 작가〉라는 별명을 얻었다. 어찌 보면 그의 작품은 당시의 시대상과 세태를 한눈에 볼 수 있는 살아있는 역사의 기록물이라고 말할 수도 있을 것이다. 예정 시간보다 늦게까지 계속된 작가의 이야기는 아쉬움을 남기며 끝났다.

밖으로 나온 일행은 김주영 작가와 기념 촬영을 마치고 전시관으로 향했다. 본관 1층에는 김주영이 소장했던 자료와 국내 간행 소설책들을 갖추어 소설 전문도서관을 구축하고 있었다. 2, 3층 전시실은 소설 『객주』를 한눈에 볼 수 있는 전시실로 작품 관련 전시뿐만 아니라 보부상들의 활동상이나 조선 후기 상업사를 엿볼 수 있는 조형물이 재현되어 있으며 지게와 저울 등 보부상 도구들도 전시되어 있었다. 작가의 『객주』 육필원고 일부와 취재할 때 사용했던 카메라, 수십 개의 철필 등 작가의 개인 소장품도 보였다.

창작 숙소인 창작관에는 신진 작가 및 젊은 예술인을 위한 전용 숙소를 마련하여 예술인들의 창작을 돕고 있다고 한다. 그곳에 입주한 작가들은 생활에 필요한 모든 것을 지원받고 있다고 하니, 근심 걱정 없이 문학창작에 전념할 수 있을 것이다.

제한된 시간이기에 전시된 자료들을 자세히 볼 수 없어 조금은 아쉬웠다. 잘 운영되고 있는 문학관을 벤치마킹하기 위해 전국에서 많은 관계자가 다녀간다고 하니, 객주 문학관은 앞으로 한국의 문학발전에 큰 도움을 줄 것이라는 느낌을 받았다. 내가 해설 봉사를 하는 김유정문학촌과 비교하여 보기도 하였다. 문학관을 떠나기 전에 현관에서 작가의 대표작 중의 하나로 꼽히는 소설 『홍어』를 한 권 샀다.

'글이란 독자에게 정신적 위로를 주는 것'이 김주영 작가의 문학 특강 핵심이었다. 그는 글을 쓰는 것에 대해 한마디로 이렇게 표현했다.

"모든 글은 글쓴이의 자서전이고 자신에게는 반성문이다."

오늘도 작가의 말을 음미하며 기억의 저편에 묻혀있는 수필의 글감을 찾아 여행을 떠난다.

2017년 여름

허균과 허난설헌을 만나다

매년 몇 번씩 다녀오는 고장이지만 문학 탐방이라는 이름을 걸고 찾게 되니 의미가 새로웠다. 백두대간을 지나서 멀리 동해의 수평선을 바라보니 마음이 넓어진다.

점심을 마치고 찾은 곳은 강릉시 초당동에 있는 「허균, 허난설헌 기념공원」이다. 이 공원은 우리나라 최초의 한글 소설 『홍길동전』을 지은 허균許筠과 최고의 여류 문인이었던 허난설헌許蘭雪軒 두 남매의 문학정신을 기념하기 위해 조성한 문학 공원으로 강원도 문화재 자료 제59호로 지정된 곳이다. 주차를 시키고 사방을 둘러보니 주변이 온통 소나무로 둘러싸여 있다. 이 마을에는 80년 이상 된 소나무 약 3천여 그루가 자라고 있다고 한다.

오늘날 초당동이라는 지명과 더불어 강릉 초당두부의 원류는 허균의 아버지 초당 허엽으로 알려진다. 솔향을 맡으며 허난설헌의 생가터로 향했다. 집 앞에 서니 조선시대 최고의 문인이었던 두 남매가 시공을 뛰어넘어 대문에서 뛰쳐나올 것 같은 착각에 빠지게 만든다. 어린 시절에 사회제도의 모순을 비판한 작품인 홍길동전을 읽으며 통쾌함을 느꼈던 생각이 문득 떠올랐다.

허균과 허난설헌 두 남매가 생활했던 시대를 상상하며 솟을대문을 들어섰다. 현재의 가옥은 1912년 초계 정씨의 후손인 정호경이 가옥을 늘리고 고쳐가면서 갖추어졌다고 안내하고 있었다. 나 또한 초계 정씨니, 선대가 지은 집의 구조에 관해 관심을 가지고 둘러보았다. 안채와 사랑채, 곳간채가 ㅁ자로 배치되어 있었다. 한국의 전통을 살린 한옥과 정원의 모습

이 주변의 소나무 숲과 잘 어울려 멋을 더해준다. 방에는 교산 허균의 생애와 영정이 모셔져 있고, 난설헌 허초희의 생애를 기록해 놓았다. 가옥의 우측에는 커다란 배롱나무가 붉은 꽃을 피우고 있었는데 지나간 세월을 말해주고 있는 것 같았다.

허균, 허난설헌 기념관으로 가는 길목에는 허씨 가족 5문장가의 시비를 세워놓았다. 초당 허엽, 악록 허성, 하곡 허봉, 난설헌 허초희, 교산 허균의 시비다. 이들 5문장가는 우리 문학사에서 뛰어난 문장가로 이름을 떨치고 있다고 한다.

기념관으로 발길을 옮겼다. 이 기념관은 허균과 허난설헌 두 남매에 관한 각종 자료와 유물을 수집하여 2007년에 개관된 전시관이라고 한다. 천재 여류시인이었던 난설헌과 문인이며 정치가요 자유주의 사상가였던 허균에 대한 전시물을 둘러보았다. 아버지 허엽은 첫째 부인인 청주 한씨가 허성을 비롯하여 세 남매를 낳고 세상을 뜨자 둘째 부인인 강릉 김씨와 새로이 혼인하여 허봉, 허초희, 허균 세 남매를 얻게 된다. 17세기 『홍길동전 목판본』과 1608년에 간행된 『난설헌집 목판본』에 눈길이 갔다.

허균은 허씨 5문장가를 평했는데 특히 손위 누이인 허난설헌에 대해서는 이렇게 말했다.

"자씨姉氏의 시는 깨끗하고, 장하며 높고 고와서 명망이 중국에까지 전파되어 진신사부가 모두 칭찬한다."

오빠인 허봉도 난설헌의 재주가 천부적이라고 평했다.

"난설헌의 시는 배워서는 그렇게 될 수 없다."

매천 황현은 허봉, 허균, 허난설헌을 찬국조제가시讚國朝諸家詩
에서 칭송하였는데 특히 그중 난설헌의 글재주가 가장 돋보여
신선 재주를 닮았다고 하였다.

"초당 가문에 세 그루 보배로운 나무, 제일의 신선 재주는 경
번(허난설헌의 별호)에 속하였네."

시대를 앞서간 혁신적 인물이었던 허균(1569~1618)은 조선 중
기를 대표하는 문인의 한 사람이었다. 뛰어난 시인이자 산문가
였으며 비평가였고 소설가였다. 수재였던 허균은 문과에 장원
급제하여 관료가 되었으나 파직을 거듭한다. 그는 복고적 사조
를 비판하며 자신의 개성이 드러난 문장으로 창작을 하였다.
부조리한 사회현상을 질타하는가 하면 사회 개조와 국가 혁신
을 드러내는 산문에는 강렬한 비판성이 들어있다.

허균은 광해군 10년(1618)에 반역질을 했다는 이유로 죽게 된
다. 허균의 사망 배경에는 간신배로 소문난 이이첨이 등장한
다. 이이첨과는 젊을 때부터 친하게 지냈다고 한다. 그는 허균
이 위기에 처했을 때 바람막이가 되어주었고, 형조 판서를 거
쳐 좌참찬으로 승진하는 데 큰 도움을 준 인물이다. 허균은 이
이첨의 사주를 받아 영창대군의 어머니인 인목대비 폐비에 앞
장서게 된다. 그러나 권력욕이 강했던 이이첨의 흉계에 말려들

어 온몸이 조각조각 찢기는 형벌을 당하고 형장의 이슬로 사라진다. 역사는 대북 정권의 핵심 인물이었던 이이첨이 허균 세력이 강해지는 것을 막기 위해 저지른 일이라고 추정하고 있다. 만약 이이첨과 가까이 지내지 않았다면 허균의 참모습을 더 많이 볼 수 있었을 것인데 아쉬움으로 남는다. 허균은 시「경포호를 그리워하며」에서 '내 집은 경포호의 서쪽에 있으니 바윗돌 골짜기들이 회계 명산과 같아라.'라고 하는 등 여러 작품을 통해 강릉에 대한 애착을 표현했다.

허난설헌(1563년~1589)은 당시의 대표적인 여류시인의 한 사람으로 어릴 때부터 재주가 비상하고 출중하였다고 한다. 아명을 초희라고 불렀다. 오빠인 허봉은 뛰어난 문장으로 이름을 날렸는데 누이동생의 재능을 높이 평가해 직접 글을 가르쳤고, 친구인 손곡 이달에게 시를 배우게 해주었다. 당시 여자가 글을 배운다는 것은 쉽지 않은 시대였는데 보기 드문 일이었다.

열다섯 살에 명문대가인 안동 김씨 김성립에게 시집을 가지만 온갖 불행을 겪게 된다. 남편과 뜻이 맞지 않았고, 시어머니와도 사이가 안 좋았다고 한다. 한창 꽃다운 나이인 스물일곱에 세상을 등진다.

"내 시를 불태워 없애 달라."

허난설헌이 쓴 천 편이 넘는 시는 유언에 따라 한 줌 재가 되어 사라진다. 김성립은 아내의 죽음을 기다렸는가? 그해에 과

거에 급제하였고, 재혼했으며 임진왜란이 일어나자 의병으로
나갔다가 전사한다.

허씨 집안의 불행한 가족사가 마음을 아프게 만들었다. 허균
은 열두 살 때 아버지를 여의었지만, 어머니의 사랑과 허성, 허
봉 두 형과 누이 난설헌의 애정을 듬뿍 받으며 행복한 유년 시
절을 보냈다. 그러나 형 허봉이 병조판서 이이의 과실을 들어
탄핵하려다가 종성에 유배되고, 그 후 정치에 뜻을 버리고 온
나라를 떠돌아다니다 38세의 젊은 나이로 금강산에서 객사한
다. 허난설헌은 결혼하고 12년 동안 뜻을 이루지 못한 남편을
지켜보았고, 그녀가 낳은 남매는 전염병으로 난설헌보다 먼저
세상을 떠난다.

허균에게는 정신적 지주였던 형 허봉과 누이 난설헌의 잇따
른 죽음은 커다란 충격으로 다가왔을 것이다. 거기에다 임진왜
란 중에는 부인과 첫아들을 잃게 된다. 전쟁 중이라 소를 팔아
관을 마련하고 옷을 찢어 염을 했는데, 아직 체온이 따뜻해 차
마 부인을 땅에 묻을 수 없었다고 했으니 당시의 허균 심정은
어떠했을까? 조선시대 가장 혁명적인 지식인으로 불리던 허
균 자신도 결국에는 능지처참되어 저잣거리에 머리가 매달리
게 된다. 허균이 역적으로 몰리자 아버지 허엽의 묘비를 두 동
강 내는 등 그 화가 가족들에게까지 미쳤다. 초당 집안의 문사
였던 허봉, 허난설헌, 허균의 불운한 죽음이 안타까움으로 다

가왔다.

 난설헌이 죽자 누나의 재능을 아깝게 여긴 허균은 외우고 있
던 시와 친정에 남아있던 시를 정리해 『난설헌집』으로 엮어냈
다. 스물일곱 짧은 생애였지만 허난설헌은 자기 삶을 시와 함
께하였다. 난설헌의 시는 불살라져 모두 볼 수는 없지만, 허균
덕분에 전해진 난설헌의 멋진 시 세계를 접할 수 있음에 감사
한다. 공원을 나오는데 난설헌의 『아들을 잃고 통곡하다』라는
한 맺힌 시가 발걸음을 무겁게 만들었다.
 '지난해/사랑하는 딸을 잃고//올해는/아끼고 아끼던 아들마
저 잃었다//쓰라리고 쓰라린 광릉 땅에/두 무덤이 마주 보며
서 있구나//사시나무는 쏴아쏴아/바람에 흔들리고//소나무 가
래나무 사이로/도깨비불이 번쩍이는데//지전으로 너의 혼을
부르고/밝은 물을 너의 무덤에 붓노라//그래 알겠다/밤마다
너희 오누이 함께 어울려 놀겠지//내 비록 배 속에 아이가 있
다지만//어찌 잘 클 거라고 바랄 수 있겠니//애끓는 노래를 하
염없이 부르노니/피 토하는 슬픔에 목이 메는구나.'

2021년 여름

평화통일을 꿈꾸는 철원에서

철원을 떠나온 지 10년 만에 다시 찾아가는 날이다.

강원수필문학회 회원들과 함께 버스에 올랐다. 철원에서 생활했던 지난날 추억들이 차창 너머로 하나둘 스치며 지나간다. 철원에서 군 생활과 교직 생활을 하였기에 더 감개무량하다. 군 훈련소에서 훈련을 마치고 배속된 곳이 철원이다. 같은 강원도에 살면서도 철원은 처음이었다. 군인의 신분으로 철원 땅에 첫발을 디딘 것이다. 군대라는 신세계가 나와 군 입대 동기들을 기다리고 있었다. 부대는 민가가 없는 싸리골로 불리는 아주 적막한 곳이다.

철원 하면 평야 지대를 떠올렸는데 어느 곳을 바라보아도 보이는 것은 온통 산뿐이다. 이런 깊은 산골에서 3년 군 생활을 해야 한다고 생각하니 마음이 착잡해졌다. 부대장에게 전입신고를 마치고 내무반에 들어섰는데 눈이 휘둥그레졌다. 무엇을 잘못했는지는 몰라도 병사들이 침상에 엎드려뻗쳐 자세를 취

116

하고 있었다. 나중에 안 사실이지만 군번 순으로 매를 때리는 것이었다. 우리는 전입 신병이라 내무반 구석에서 숨죽이며 공포 속에 그 상황을 지켜보았다. 밤새도록 잠을 설치며 긴 밤을 보냈다. 이렇게 군 생활은 시작되었다.

졸병 생활은 잠시도 쉴 틈이 없이 바쁘게 돌아갔다. 선임 병사들의 식사 준비와 세탁, 그리고 잔심부름을 하느라 동분서주했다. 날씨가 궂은 날 밤에 대공초소에 오르면 북녘땅인 오성산에서 대남방송이 들려왔다. 이름 모를 북한 병사의 목소리를 들으며 남북분단의 현실을 실감했다. 병과가 포병으로 포수였지만 작전서기병이란 직함을 가지고 철원의 포진지를 돌며 훈련을 도왔다.

그렇게 세월은 흘러갔고 제대하는 날이 점차 가까워지고 있었다. 그런데 이게 웬일인가. 1974년 광복절 기념식장에서 육영수 여사의 피격사건이 일어났고, 1975년 4월 30일 월남의 패망 등 국내외적으로 여러 사건이 겹치면서 제대일은 늦추어져만 갔다.

2년 10개월 동안 나라를 위해 국방의 의무를 마치고 드디어 전역하게 되었다. 제대 동기 중에는 어렵고 힘들게 생활했던 부대를 떠나며 다시는 철원 땅을 향해 오줌도 누지 않겠다고 목소리를 높인 이도 있었다. 그때는 나 역시 같은 심정이었다. 부대 위병소를 나오며 몇 번이나 뒤를 돌아보았다. 꽃다운 청춘들이 한 지역에 머물며 병역의 의무를 다했던 곳이다. 민간인과의 접촉이 철저하게 차단되었던 공백을 뒤로하고 일반 사회로 환원되었다.

교직 생활을 하려면 한 고장에서만 머물러 생활할 수는 없다. 사람의 일이란 참으로 알 수 없는 것이다. 군 생활이 고달팠던 철원으로 발령을 받았다. 군 생활 당시 면회를 하게 되면 외출과 외박을 나갔던 고장이다. 구불구불 가파른 수피령을 넘어 임지에 도착하여 짐을 풀었다. 군에서 전역한 지 23년 만에 다시 찾은 철원의 모습은 큰 변화가 없어보였다.

수업을 하다 보면 깜짝 놀라게 되는 일이 종종 있었다. 학교 근처 사격장에서 쏜 포탄이 굉음을 내며 학교 지붕 위를 통과하였기 때문이다. 그런데 학생들은 전혀 놀라는 기색이 없었다. 반복되는 포탄 소리에 적응이 된 탓이리라. 학교 건물을 보면 곳곳에는 균열이 생겼고, 어떤 부분은 아예 시멘트가 떨어져 나갔다. 포탄 소리가 만들어낸 건물의 모습이다. 이 마을에 소를 키우는 집이 없는 이유를 알게 되었다.

교직원들과는 시간을 내어 등산도 하였다. 그중에서도 각흘산은 경기도 포천과 강원도 철원의 경계에 있는데 해발 838m다. 서면 자등리에서 땀을 흘리며 오르다 보면 부드러운 능선이 나타난다. 드디어 정상이다. 산을 오르며 힘들다고 등산을 포기하겠다던 여직원들은 정상에서 경이로움으로 눈빛이 빛났다.

그곳에서 바라보면 철원평야를 비롯하여 철원군 전체가 한 눈에 들어온다. 전체가 보인다는 말은 잘못일 것이다. 철원의 일부는 현재 분사 분계선 너머 북한에 있기 때문이다. 참혹했던 한국전쟁은 한반도를 둘로 나누었고, 강원도를 둘로 나누었으며 철원 땅을 둘로 나누어 놓았다. 지금은 가볼 수 없는 곳이지만 언젠가는 다가올 통일의 날을 기다리고 있을 것이다.

철원에서는 해마다 전쟁의 상흔을 고스란히 간직한 노동당사 특설무대에서 DMZ 평화음악회가 열린다. 음악을 통해 한반도의 평화와 통일을 염원한다. 앞으로도 이 음악회는 통일의 그날까지 평화통일을 이루는 변주곡으로 빛을 발하며 계속될 것이다.

철원은 전쟁의 아픈 상흔이 곳곳에 남아있다. 지인들이 찾아오면 안보관광해설사가 되어 전적지와 명승지를 안내하였다. 동족상잔의 참혹한 전쟁으로 이름을 얻게 된 백마고지, 아이스크림 고지, 저격능선, 노동당사와 월정리역, 제2땅굴 등을 인솔하였다. 또한 철원의 비경인 고석정, 직탕폭포, 순담계곡, 송소대 주상절리, 삼부연폭포, 철새도래지 등도 동행하였다. 지인들은 전쟁의 참상을 직접 보고 느끼며 평화의 소중함을 이야기했고, 아름다운 비경 앞에서는 감탄사를 연발했다.

평화전망대에서 바라본 북녘땅은 침묵에 싸여있다. 비무장

지대 안에는 야생동물들이 한가히 거닐고, 철새들은 자유롭게 남북을 오가지만 사람들은 갈 수 없는 땅이다. 지금은 녹슨 철조망으로 막혀있지만 언젠가는 걷혀질 날이 올 것이다. 경원선 철길이 이어지고 육로가 뚫리면 백두산까지 여행할 날이 분명 올 것이다.

드넓은 철원평야 논에는 따가운 태양 아래 벼들이 푸르게 자라고 있었다. 이른 아침 숙소를 나서니 봄바람에 실려 온 냄새가 고향의 품에 안긴 듯 상쾌했다. 회원들과 함께한 1박 2일의 여정은 그동안 잠들었던 철원의 기억을 새롭게 일깨워주었다. 오늘도 한반도의 중심 철원은 평화통일을 꿈꾸고 있다.

2019년 여름

미친 사랑의 노래

퇴직하고 춘천 근교에 있는 김유정문학촌을 찾았다. 기념관
에서 처음으로 만난 것은 '미친 사랑의 노래'라는 제목이 붙은
글이다. 이곳 실레마을에서 태어난 1930년대 소설가 김유정의
생애와 문학에 대한 글이다. 문학촌을 다녀와서도 '미친 사랑
의 노래'는 긴 여운으로 머리에 남아 지워지지 않았다. 도대체
김유정은 무엇에 얼마나 미쳤단 말인가?

어느 날 신문을 보니 문학촌에서 해설봉사자를 모집한다는
기사가 실렸다. 퇴직하면 사회에 봉사하겠다는 마음이 있었는
데 실천할 기회가 왔다. '미친 사랑의 노래'를 떠올리며 참가신
청서를 냈더니 참여하라는 연락이 왔다. 노란 동백꽃이 꽃망울
을 터뜨리는 2013년의 봄이다. 피교육자가 되어 해설에 필요
한 교육을 받았다.

교육과정을 수료하고 해설을 시작하였다. 무슨 일이든 처음

에는 어려움이 따른다. 방문객들 앞에서 처음으로 해설을 할 때는 몹시 긴장하여 시간이 어떻게 지나갔는지 몰랐다. 해설 원고를 수없이 연습하였건만 해설은 물 흐르듯 자연스럽지 못했다. 입으로 하는 일은 역시 어렵다는 것을 새삼 깨달았다. 전문성을 높이기 위해 그해 가을에는 강원대학교 평생교육원의 문화해설사 반에 등록하였다. 그곳에서 4개월간 교육을 받고 나니 김유정 문학은 새로운 모습으로 다가왔다.

해설 대상은 초등학생부터 연세 많으신 노인 분들까지 다양하다. 대상에 따라 수준에 맞는 해설을 준비해야 하는 어려움도 있다. 또한 김유정 문학을 알리기 위해서는 당시의 시대적 상황과 여러 문학인의 작품도 함께 이해하지 않으면 안 된다. 작가들의 생애나 문학을 이야기할 때 혹시라도 잘못된 사실을 전달한다면 큰 낭패가 아닌가. 따라서 시간을 내어 별도의 문학 공부도 해야 한다.

김유정의 생애와 문학에 관한 이야기만으로 해설을 마친다면 어딘가 허전하고 단조롭다고 생각하였다. 하여 방문객들과 김유정 문학은 물론이고 세상 살아가는 이야기도 나눈다. 문학은 삶에 지친 독자들에게 때로는 위로와 희망을 준다고 한다. 일제 강점기 가난한 농민들과 도시 서민들의 궁핍한 생활 이야기를 통해 방문객들의 인생에 새로운 활력소가 주어지기를 바라는 마음으로 해설에 임한다. 해설을 듣고 난 다음의 반응들은 다양하지만, 혹자는 밝은 얼굴로 감사의 인사를 전하기도 한다.

퇴직하고 보니 만나는 사람마다 건네는 인사는 대부분 비슷했다.

"요즘 무엇을 하며 지내십니까? 건강하십니까?"

이런 물음에 대해 대답 또한 공통분모가 있는 것 같다.

"놀며 잘 지냅니다. 건강을 위해 운동을 합니다."

나도 인사를 받았을 때 비슷한 대답을 하였다. 문학촌에서 해설 봉사를 하며 인사가 조금 바뀐 부분도 있다.

"요즘도 해설하는가?"

어떤 지인은 퇴직했으면 연금이나 타 먹고 운동이나 하며 편하게 살라고 충고를 보내기도 했다. 김유정에 미친 놈이라고 비아냥거리는 친구도 있었다. 생각해 보면 그들의 말이 결코 틀린 것은 아닐 것이다. 한두 해 떠들다 말 거라는 기대가 어긋났기 때문이다. 처음엔 속상한 마음도 있었지만 요즘 나의 대답은 해설 잘하고 있다며 웃음으로 받아넘긴다.

세상에는 여러 방면에서 미친 사람들이 많다. 미쳤다는 말은 우선 정신이상자라는 부정적 이미지를 떠올린다. 그러나 긍정으로 표현하면 어떤 일에 몰두하여 최상의 좋은 결과를 이루는 상태라고 말할 수 있다. 미친 사람들의 수고로움으로 세상은 크게 변화한다. 미치지 않으면 평범함의 수준을 벗어나지 못하기에 발전도 없을 것이다.

김유정이 미친 것은 짝사랑했던 여인들에게 밤새워 쓴 사랑의 편지를 보낸 것만이 아니다. 암울한 시대에 어렵게 살아가는 민초들의 생활을 보며 그들을 진정으로 사랑하는 마음을 소설로 승화시킨 것이다. 나라를 사랑했고 자기 삶과 소설 속에 등장인물까지도 뜨거운 가슴으로 사랑했던 김유정이다. 따라서 김유정의 '미친 사랑의 노래'는 오래도록 빛바래지 않고 빛날 것이다.

내가 해설 봉사를 한 기간을 헤아려보니 어느덧 8년 차에 접어들었다. 해설에 참여한 시간도 1,500시간을 넘겼다. 2018년에는 함께 봉사하고 있는 해설사들의 적극적인 참여를 인정받아 자원봉사 우수단체상을 받기도 하였다. 김유정 문학을 진정으로 사랑하여 봉사하고 있는 해설사들은 감동 주는 해설을 위해 오늘도 부단히 노력하고 있다. 지금까지 해설하며 익힌 노하우를 중단하면 아까울 것이라는 생각도 해본다. 이 모든 일은 자양분이 되어 김유정 문학을 알리는 데 도움을 줄 것이다. 앞으로 크게 미치지는 말고 사계절 문학촌을 찾아오는 사람들과 효율적인 스토리텔링으로 행복한 만남의 시간을 가져야겠다.

　가난과 폐결핵이라는 병마에 시달리며 죽음을 눈앞에 두고
도 겸허한 마음으로 문학과 결혼한 김유정. 나라 잃은 슬픔과
가난한 농민들의 생활을 마음 아파했던 소설가. 뛰어난 언어
감각으로 독창적인 이야기 만들기에 심혈을 기울였던 진정한
문학인. 29세라는 짧은 생애였지만 주옥같은 소설을 남긴 천
재 작가의 문학을 알리기 위한 노력은 계속되어야 하기에 해설
하는 날은 즐겁게 문학촌으로 향한다.

　진정한 봉사의 의미는 베푸는 것이 아니라 해당 활동에 적극
적으로 참여하며 함께하는 것이라고 한다. 이 의미를 되새기며
준비된 해설사라는 직함을 가지고 '미친 사랑의 노래' 의미를

잘 전달하자. 비록 짧은 만남이지만 방문객들에게 행복한 미소
와 작은 희망의 메시지라도 선물할 수 있으면 좋겠다.

2019년 여름

* 현재 김유정문학촌은 코로나로 인하여 문을 닫은 지 오랜 시간이 지나가
고 있다. 앞으로 어떻게 운영될지는 알 수 없으나 문학촌에서 해설 봉사를
했던 시간이 나에게는 행복한 시간이었다.

🌳 실레이야기길

　아름다운 풍광을 자랑하는 호반의 도시 춘천의 봄내^{春川} 길은 총 6코스로 되어 있다. 그중에서 제1코스가 실레이야기길이다. 김유정역 앞의 마을이 실레마을이다. 금병산에 둘러싸인 모습이 마치 옴팍한 떡시루 같다고 하여 이름 붙여진 실레^(시루)는 김유정 작가의 고향이다. 마을 전체가 김유정 작품의 무대로서 점순이와 데릴사위 등 소설 12편에 등장하는 인물들이 실제로 있었던 이야기가 전해지고 있다. 이를 바탕으로 만들어진 금병산 자락의 실레이야기길은 멀리서 문학기행을 오는 사람들에게 인기가 높다.

　금병산^{錦屏山}은 이름과 같이 비단 병풍을 둘러친 것처럼 사시사철 아름다운 산이다. 이 길은 김유정 소설을 이해하고 걷는다면 재미를 더한다. 마을 끝자락에서 시작되는 이야기길은 험하지 않아 남녀노소 누구나 쉽게 걸을 수 있다.

내가 이 길을 걷게 된 동기는 김유정문학촌에서 해설 봉사를 하기 때문이다. 김유정 생가와 기념관에서 들려주는 해설도 있지만, 이야기길 안내를 예약하면 해설가가 동행하여 김유정 문학 이야기를 들으며 걸을 수 있다. 길을 걷다 보면 김유정 작품을 간단히 소개하는 작은 안내판이 보인다. 이런 안내가 총 열여섯이 되기에 '실레이야기길 열여섯 마당'이라고 부른다.

계절 따라 변하는 산의 모습을 보며 이야기를 듣다 보면 지루하지 않게 걸을 수 있다. 해설가와 함께 걸으면 2시간 30분 정도가 소요된다. 학생, 일반인, 군인 등 다양한 부류의 사람들이 이 길을 걸으며 자연을 감상하고, 김유정 문학을 이해하게 된다. 일제강점기의 암울했던 1930년대를 살아가는 배고픈 농민들의 이야기를 듣고는 고개를 끄덕이기도 한다. 방문객 중에는 이 길에 매료되어 매년 찾아오는 사람들이 늘어나고 있다. '실레이야기길 열여섯 마당'을 이해하며 걸으면 김유정의 소설을 새로운 시선으로 바라보게 된다. 이야기를 요약하면 아래와 같다.

1. 들병이들 넘어오던 눈 웃음길: 들병이(들병장수)는 병에다 술을 가지고 다니면서 파는 사람이다. 김유정 소설에는 19살 들병이들이 먹고 살기 위해 남편과 함께 인제나 홍천에서 이 산길을 통해 마을에 들어와 잠시 머물다 떠나는 이야기가 그려져 있다. (관련 작품 – 산골나그네, 총각과 맹꽁이, 아내, 소낙비)

2. 금병산 아기장수 전설길: 강원도 장수 바위 전설을 작품
화한 전래 동화적 이야기이다. 소설「두포전」은 정의가 반
드시 이기고 성공한다는 권선징악의 교훈이 담겨있다. ^{(관}
련 작품 – 두포전)

3. 점순이가 '나'를 꼬시던 동백숲길: 봄에 산수유가 필 때쯤
이면 나무에 잎이 나기도 전에 노랗게 피는 생강나무꽃이
김유정 소설의 동백꽃이다. 알싸하고 향긋한 냄새가 난다
고 소설에는 묘사돼 있다. 노랫말 '소양강 처녀'의 동백꽃
과 '강원도 아리랑'에 자주 나오는 동박이 바로 김유정의
동백꽃이다. (관련 작품 – 동백꽃, 산골)

4. 덕돌이가 장가가던 신바람 길: 19살 산골나그네가 병든
남편을 물레방앗간에 숨겨놓고 노총각 덕돌이와 위장 결
혼했다가 도망간 이야기가 담겨있는 길이다. (관련 작품 –산골
나그네)

5. 산국농장 금병도원길: 소설「동백꽃」과「유정의 사랑」작
품의 배경이며 산지기 시인 김희목이 가꾸는 과일나무밭
이 있다. (관련 작품 – 동백꽃(김유정), 유정의 사랑(전상국), 산국농
장 이야기(김희목)

6. 복만이가 계약서 쓰고 아내 팔아먹던 고갯길: 복만이가
소 장수 황거풍한테 매매 계약서 쓰고 아내를 팔아먹은
뒤 덕냉이로 도망치던 고갯길이다. (관련 작품 – 가을)

7. 춘호 처가 맨발로 더덕 캐던 비탈길: 춘호 처가 도라지 더

덕을 찾아 맨발에 짚신짝을 끌며 가파른 산에서 칡덩굴에 매달리기도 하며 남편이 원하는 돈 이 원을 구할 궁리를 하던 그 산길이다. (관련 작품 -소낙비)

8. 응칠이가 송이 따 먹던 송림길: 인제에서 빚잔치 벌이고 도망해 온 응칠이가 닭을 잡아 생으로 뜯어먹으며 송이를 따던 길이다. (관련 작품 - 만무방)

9. 응오가 자기 논의 벼 훔치던 수아리길: 원래는 송홧가루가 두껍게 내려앉는 곳이라 하여 송화리골이었다. 그것이 차츰 소와리골로 바뀌었다. 소설 「솥」에서는 수어릿골로 나온다. 이 골짜기 막바지에 주인공 근식이네 집이 있었다. 이곳에 백두고개와 새고개로 넘어가는 길이 있다. (관련 작품 - 만무방)

10. 산신각 가는 산신령길: 금병산 산신을 모신 전각으로 가는 길이다. 지금도 마을의 안녕을 비는 산신제를 산신각에서 일 년에 한 번 지낸다. 금병산을 왜 진병산이라고도 부르는지, 그리고 이 전각에 가면 왜 산신제 때 술 대신 단술을 쓰는지도 알 수 있다. 산신각에서 서남쪽으로 내려가면 신라 때의 고분군 흔적을 볼 수 있다.

11. 도련님이 이쁜이와 만나던 수작골길: "너 데련님하구 그랬대지?" 먼 하늘만 쳐다보며 도련님 생각만 하는 이쁜이한테 석숭이가 투정 섞어 사랑 고백을 하던 곳이다. (관련 작품 - 산골)

12. 맹꽁이 우는 덕만이길: "저는 강원두 춘천군 신남면 증리 아랫말에 사는 김덕만입니다. 저는 설흔넷인데두 총각입니다." 덕만이가 들병이한테 자기 소개하는 장면이 펼쳐진 곳이다. (관련 작품 – 총각과 맹꽁이)

13. 근식이가 자기 집 솥 훔치던 한숨길: 계숙이란 들병이의 꾐에 빠져 자기 집의 솥을 훔쳐 나오던 근식이네 집이 있던 곳이다. (관련 작품 – 솥)

14. 금병의숙 느티나무길: 김유정이 금병의숙을 지어 야학 등 농촌계몽 운동을 벌일 때 심었다는 느티나무가 찾아오는 이들에게 그때의 이야기를 들려주고 있다.

15. 장인 입에서 할아버지 소리 나오던 데릴사위길: 점순이, 봉필영감, 학곡리에서 홀어머니 모시고 살다 장가가기 위해 데릴사위로 들어온 최씨 등 모두 실제로 있었던 이야기의 현장이다. 데릴사위가 점순이와 성례를 안 시켜준다며 장인과 드잡이하던 곳이다. 김유정이 야학하는 제자들과 팔미천에서 목욕하고 돌아오다가 두 사람이 싸우는 장면을 메모해 두었다가 「봄·봄」을 썼다고 한다. (관련 작품 – 봄·봄)

16. 김유정이 코다리찌개 먹던 주막길: 실레마을 주막터는 김유정이 자주 들러 코다리찌개 안주로 술을 먹던 곳이다. 시내 학생들이 시비를 걸어와 싸움을 벌였던 곳이기도 하다. 소설 「솥」에 나오는 들병이와 근식이가 장래를

약속하던 주막집이다. (관련 작품 - 솥, 산골나그네, 총각과 맹꽁이)

이렇게 실레이야기길에는 무수한 이야기가 살아 숨 쉬고 있다. 실레이야기길은 사계절 변화무쌍한 모습으로 길손을 맞이한다. 길가에 피어난 온갖 야생화와 산새들의 지저귐이 정겹다. 잣나무와 동백나무, 낙엽송 길을 걷다 보면 어디선가 김유정 소설의 주인공들이 툭 튀어나올 것만 같다.

이 길을 걷는 사람들 중 혹자에게는 삶의 활력소가 될 것이고, 혹자는 세파에 찌든 마음을 정화할 것이며, 혹자는 천재 작가 김유정의 기를 받으며 문학도의 꿈을 키울 것이다.

2016년 겨울

아! 임들의 영원한 고향

3·1운동 100주년 되는 아침이 밝았다. 태극기를 단 후에 아내와 함께 전철을 타고 국립서울현충원으로 향했다. 정문에 도착하여 바라보니 희뿌연 미세먼지 속에 높이 솟은 현충탑이 눈에 들어왔다. 이날 현충원을 찾은 것은 무슨 특별한 이유가 있는 것은 아니다. 언젠가는 한 번쯤 찾아 추모하겠다는 마음이 있었는데 몇십 년을 보내고, 오늘에야 100이라는 숫자에 의미를 두어 방문을 하였다.

안내판을 보니 면적이 144만㎡(약 44만 평)라니 대단히 넓은 면적이다. 순국선열과 호국영령 18만 1천여 분이 잠들어 계시니 이곳은 우리 민족의 성역이라 할 수 있다. 현충원의 묘역은 독립유공자, 장병, 국가유공자, 장군, 경찰관, 국가원수 묘역 등으로 구분되어 있었다. 수많은 사연과 이야기를 간직한 현충원은 오늘따라 인적이 드물었고, 미세먼지에 바람조차 잠들어 적막감이 흘렀다.

어느 곳부터 찾을까 망설이다 오른쪽으로 길게 뻗은 인도를 따라서 한 바퀴 돌아서 내려오는 것으로 정했다. 자로 잰 듯이 줄지어 늘어선 묘지들이 끝없이 보였는데 장병묘역이다. 현충원에서 가장 많은 면적을 차지하는 곳이 바로 이 묘역이다. 군 창설 이후 한국전쟁, 베트남전 등에서 전사·순직한 호국 용사들이 잠들어 있었다.

묘역을 바라보며 걷고 있는데 한 사나이가 묘표 옆에 나란히 누워있는 모습이 보였다. 그 옆에는 소주병도 보였다. 묘의 주인공과는 어떤 애절한 사연이 있을 것이라고 추측을 하였다. 산 자는 잠시 죽은 자 옆에 잠들어 영혼과 만나 회포를 풀 수 있을까?

경찰관 묘역 언저리에서는 경장 유장희를 추모하며 아내가 쓴 글을 읽노라니 마음이 촉촉이 젖어왔다. '서로가 기대했던 일들이 / 하루아침에 무너지다니 // 허무함을 느끼면서 / 당신이 던지고 간 / 마음의 상처가 너무 커서 / 오늘도 이렇게 슬픔을 참지 못해 / 울고 있습니다. // 그러나 당신이 / 생전에 남기신 빛나는 공훈은 / 무덤 위에 남아있습니다. // 당신의 명복을 축원하면서…' 사랑하는 남편을 보내고 아내는 임을 그리워하며 얼마나 많은 눈물을 흘렸을까. 젊은 나이에 미망인이 된 그녀는 갑자기 가장이 되었고, 어린 자녀들을 키우며 힘겨운 세월을 보냈을 것이다.

8부 능선쯤 올랐을까 약수터가 보였다. 수질검사를 한 결과를 보았는데 1급 약수다. 서울 한복판에 이렇게 좋은 물이 있을 줄이야! 묘역에 잠들어 있는 영혼들을 위해 신이 보내준 선물이라면 이곳은 최고의 명당이다. 물을 뜨러 온 한 분의 이야기로는 평일에는 찾는 사람이 많아 때로는 물싸움이 벌어진다고 했다. 작은 바가지에 물을 받아 마시자 시원함이 온몸으로 퍼졌다. 공작산 기슭에 있는 이곳은 보이는 곳마다 울창한 숲이 잘 보존되어 있었다. 도심 속의 자연생태 보고라고 하여도 틀린 말은 아닐 것이다.

잠시 휴식을 취하고 박정희 대통령 내외분의 묘소를 시작으로 전직 대통령들의 묘소를 찾았다. 내려가는 길에 봉안 시설인 충혼당을 숙연한 마음으로 둘러보았다. 묘역이 만장됨에 이곳 현충원에 안장을 원하는 수도권의 유족들을 위해 건립하였다고 한다. 도로변에는 버스 몇 대가 줄지어 서 있었다. 어딘가에서 국가를 위해 봉직하다가 순직한 분을 봉안하기 위해 모시고 온 차량일 것이다.

TV에서 자주 보았던 현충문을 지나 현충탑 앞에 섰다. 이름난 위정자들이 본인에게 특별한 일이 있을 때는 찾아와 국가와 국민을 위해 일하겠노라고, 다짐하며 향을 피우고 고개 숙여 추모하는 장소다. 조국의 독립을 위해 목숨을 바친 순국선열과 국가의 부름을 받고 전선에서 전사한 호국영령에 대해 분향하고 참배하였다. 탑 내부로 들어갔다. 한국전쟁 당시 전사자 중 시신을 찾지 못한 10만 4천여 호국 용사의 위패와 시신은 찾았으나 그 이름을 알 수 없는 7천여 무명용사의 유해가 모셔져 있다고 한다. 현재 국방부는 전사자에 대한 유해 발굴사업을 하고 있으나, 아직도 수많은 호국 용사들이 이름 모를 산하에 차갑게 묻혀있으니 안타까운 일이다.

마지막으로 찾은 곳은 유품전시관이다. 이곳 국립묘지에 안장된 분들의 유품과 공적 자료를 한눈에 볼 수 있도록 꾸며져 있었다. 박명렬 공군 소령과 박인철 공군 대위의 유품 앞에서 걸음을 멈추었다. 두 사람은 부자지간으로 비행훈련을 하다 1984년과 2007년에 순직하였다. 아버지의 뒤를 이어 나라를 위해 봉사하는 조종사가 되겠다던 아들도 아버지를 따라서 하늘 품에 안겼다. 27살 아들은 시신이 발견되지 않아 비행 전 잘라둔 머리카락으로 아버지 곁에 묻혔으니 지하에서조차 아버지는 마음이 아플 것이다. 푸른 하늘을 누비며 힘차게 펄럭이던 두 분의 빨간 마후라는 비상을 멈추었고, 오래도록 전시관에 남아 방문객들을 맞을 것이다.

아! 임들의 영원한 고향은 현충원이 되었다. 수많은 임이 함께 잠들고 있으니 전혀 외롭지 않을 것이다. 나라 사랑을 실천하고 홀연히 떠난 할아버지와 할머니, 아버지와 어머니, 아들과 딸, 손자와 손녀가 모여 지하에 커다란 공동체 마을을 이루었으니 어쩌면 행복할 수도 있겠다고 생각하였다. 잠에서 깨어난 임들의 영혼은 목숨 바쳐 싸운 조국이 앞으로 크게 번영하기를, 후손들에게 영광 있기를 소망할 것이다.

하나뿐인 생명이 소중하지 않은 사람 그 어디에 있을까? 삶과 죽음의 갈림길에서 죽음을 선택한 임들이여! 존경하는 임들이여! 아주 높고 귀하신 임들이여!

"임들의 희생 덕분에 저희는 지금 자유롭고 평화로운 삶을 이어가고 있습니다. 감사합니다. 고맙습니다."

이곳 현충원은 봄에는 꽃들이 아름답고, 가을에는 단풍이 절경을 이루어 축제장처럼 구경 오는 사람들이 많다는 안내인의 말이 씁쓸한 울림으로 허공에서 맴돌았다.

2019년 3월 1일

청령포에서 단종을 기리다

　강원수필 회원들은 역사의 고장 영월을 찾았다. 영월 방문은
참으로 오래간만이다. 평창에서 근무할 때인 1980년대에 몇
번 다녀갔으니 강산이 세 번이나 변하고 다시 걸음을 한 셈이
다. 도시가 크게 변한 것은 없었지만 감회가 새로웠다.

　버스가 도착한 곳은 장릉이다. 어린아이들을 이끌고 장릉
을 찾았던 기억이 새롭게 떠올랐다. 그 지역 문인들의 환영을
받고, 단종에 대한 해설을 들으며 경내를 둘러보았다. 단종의
능에 참배하고 유배지의 슬픈 역사가 잠들어 있는 청령포로
향했다.
　버스에서 내리니 애달픈 사연을 간직하고 있는 청령포가 눈
에 들어왔다. 바람도 한 점 없이 태양이 따갑게 내리는 봄날이
다. 봄꽃들이 먼저 우리 일행을 맞이한다. 강을 왕복하는 배에
올라 말없이 흐르는 강물을 바라보았다. 눈을 감으니 어디선가

유배지를 벗어나지 못하고 자신의 신세를 한탄하고 있는 어린 단종의 모습이 보이는 듯했다.

배에서 내려 유배지였던 곳으로 향하는데 온통 자갈밭이다. 장마로 인한 세찬 물살이 이 돌들을 날라 왔을 것이다. 자갈밭에 뿌리를 내리고 피어있는 들꽃들을 보니 어느 관광지를 찾아가는 것 같은 착각에 빠지게 만든다. 영월군 문화관광해설사는 해박한 지식을 총동원하여 일행들에게 단종과 관련된 역사적 이야기를 들려주었다. 나는 어느새 고개를 끄덕이며 해설사의 이야기에 빠져들고 있었다.

기구한 운명의 길을 걸어간 단종과 정순왕후의 애달픈 사연이 서린 청령포는 말없이 후손들을 맞이하고 있었다. 청령포는 1457년 여름에 서강이 범람하여 처소를 영월 객사인 관풍헌으로 옮기기까지 단종이 머물렀던 곳이다. 청령포는 육지의 섬이다. 지금도 청령포에 들어가려면 나루터에서 배를 타야 들어갈 수 있으니 하는 말이다.

금표비를 지나니 관음송이 보였다. 단종의 유배 생활을 지켜보았을 것으로 보아 수령은 약 600년으로 추정한다. 관음송은 유배 시절 당시 두 갈래로 갈라진 나무에 걸터앉아 슬피 울던 단종의 비참한 모습을 보았다고 하여 볼 관觀, 들었다 하여 소리 음音자를 써 관음송이라 전한다. 어쩌면 단종은 이 소나무 아래서 한양에 있는 어린 부인을 몹시도 그리워했을 것이다.

단종은 조선 28명의 왕 중 가
장 강력한 정통성을 지니고 태어
났으나 가장 불운한 왕이었다.
단종의 생모 현덕왕후는 산후 후
유증으로 사망하고, 6살에 할머
니 소헌왕후, 10살에 할아버지
세종, 12살에 아버지 문종과 이
별하고 어린 나이에 즉위하게 된
다. 그러나 집권 1년 후 숙부인
수양대군의 반란으로 실권을 빼
앗기더니 결국 15살이 되던 해에

왕위를 수양대군에게 내준다. 그리고 17살이 되던 해에 결국
수양대군에 의해 목숨을 잃는다.

왕권의 야욕을 드러낸 수양대군(세조)은 희대의 살인마를 능
가한다. 자신의 서모인 혜빈 양씨, 동복형제(안평대군, 금성대군), 이
복형제인 영풍군, 왕이었던 조카를 비롯한 자기에게 반대하는
일족들을 모조리 죽여 버렸다. 조선 역사에서 친족을 가장 많
이 죽였던 왕으로 알려진다. 또한 섭정을 맡고 있던 김종서와
자신에게 협력하지 않은 영의정 황보인 등은 살생부를 만들어
죽이고 대권을 잡았다.
피로 물든 왕위 찬탈을 한 세조는 재위 13년 만에 병으로 차

남 예종에게 선위하고 상왕으로 물러났다. 억울하게 죽은 원혼들의 뜻인지는 몰라도 선위 하루 뒤에 사망한다.

정순왕후 송씨는 수양대군과 절친이었던 송현수의 딸로 단종의 정비이다. 1454년에 왕비 교서를 받고 즉위한다. 비운의 정순왕후는 파란만장한 삶의 궤적을 남겼다. 왕비에서 의덕왕대비가 되었다가 단종이 노산군으로 강등되자 군부인이 되었으며 다시 노비가 된다. 노비의 신분으로 정업원에 갇혀 평생을 보냈다. 훗날 아버지는 수양대군에게 토사구팽당하고 멸문지화를 당한다. 친정 집안의 몰락을 지켜보며 흘린 눈물은 얼마나 될까. 매일같이 단종이 무사하기만을 눈물로 기도하였고, 단종이 죽은 뒤에는 남편의 명복을 빌며 지내다 82세에 한 많은 세상과 이별한다.

얼마나 한이 크게 맺혔으면 세조가 주는 집과 음식을 끝내 거부하였고, 평생 흰 옷을 입고 가난한 일생을 보냈다고 한다. 불행 중 다행인 것은 숙종 24년(1698년)에 단종이 왕으로 복위되면서 왕후의 신위가 종묘에 안치된 것이다. 경기도 남양주에 있는 능은 평생 단종을 생각하며 일생을 보냈다 하여 능호를 사릉思陵이라 부르게 되었다.

1983년 KBS의 이산가족 찾기는 수많은 사연과 가족 상봉 모습을 방영했다. 기나긴 이별 뒤에 만남을 화면으로 보며 눈시울을 적셨다. 아직도 남북 이산가족들은 가족 상봉을 목마르게 기다리고 있으나 만남의 날은 기약 없이 흘러만 간다.

얼마 전에는 가깝게 지내던 손위 동서가 암으로 사망했다. 화장장에서 한 줌 재가 되어 나오는 모습을 보며 인생무상을 실감했다. 사람들에게 이별 없는 삶은 없다. 살아가며 원하지 않아도 찾아오는 것이 이별이다. 많은 사람이 이별의 아픔으로 고통스럽게 살아간다. 그러다 지치게 되면 운명으로 받아들인다. 영원한 이별이 있기 전에 헤어진 소중한 인연들에게 먼저 소식을 전해봄은 어떨까?

역사의 수레바퀴는 멈출 수 없다고 했던가. 단종과 정순왕후는 이별한 지 오백육십 년이 흘렀지만 서로 다른 곳에 묻혀있다. 아주 긴 이별의 끝은 어디쯤 있을까? 비록 능침은 멀리 떨어져 있지만, 영혼만이라도 서로 만나 행복한 해후를 하였으면 좋겠다고 생각하며 영월을 떠났다.

2020년 봄

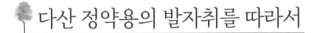
다산 정약용의 발자취를 따라서

춘추 문인들은 머나먼 전라남도 강진으로 문학 탐방을 떠났
다. 새벽에 출발한 관광버스는 정오가 지나 목적지에 도착했
다. 남도의 식단으로 점심을 마치고, 시문학파기념관과 영랑생
가를 관람하고, 세계모란공원도 둘러보았다.

사의재 한옥 체험관에서 1박을 하게 되어 사의재四宜齋로 향
했다. 작은 연못을 돌아가니 초가삼간의 초라한 사의재와 주모
상 그리고 주막집과 한옥 체험관이 한눈에 들어왔다. 드디어
역사의 현장에 첫발을 디딘 것이다.

사의재는 다산 정약용이 1801년 겨울에 강진에 유배해 와서
주막집 주인 할머니와 그 외동딸의 보살핌을 받으며 4년간 기
거하였던 곳이다. 골방 하나를 거처로 삼은 다산은 몸과 마음
을 새롭게 다잡아 교육과 학문연구에 헌신키로 다짐한다. 사의
재는 '네 가지를 올바로 하는 이가 거처하는 집'이라는 뜻을 담

고 있다고 한다. 네 가지는 '맑은 생각, 엄숙한 용모, 과묵한 말씨, 신중한 행동'을 가리킨다.

개혁 군주 정조대왕은 정약용을 극진히 신임하였다고 전한다. "그대밖에 없다. 문장에서도 그대를 능가할 자 없고, 100년만의 재상 재목 그대밖에 없다."

당파싸움으로 정적 제거를 위한 피비린내 나는 싸움에 휘말린 다산 선생은 신유사옥으로 돌아올 기약이 없는 머나먼 귀양길에 오르게 된다. 임금의 사랑을 한 몸에 받던 다산이 쑥대밭이 되어버린 가문과 생이별하고 대역죄인이 되어 지친 몸을 처음 의지한 곳이 사의재였다. 이곳에서 자신이 편찬한 『아학편』을 주교재로 제자들을 교육하였고, 『경세유표』와 『애절양』 등을 집필하였다.

야간에는 시문학파기념관장의 역사 이야기를 듣고 모두는 잠을 청했다. 대단히 어렵고 힘들었을 유배지에서의 생활을 상상하다 보니 잠이 달아나버렸다. 밖으로 나와 체험관 뜰을 거닐었다. 다산도 때로는 여러 생각에 잠겨 잠들지 못하는 밤을 이렇게 보냈을 것이다.

지난밤 잠을 설쳤는데 둘째 날이 밝았다. 버스에 같이 탄 강진군의 문화관광해설사는 다산의 유배지에서의 삶에 관한 이야기를 들려주었다. 어느덧 버스는 백련사 입구에 도착하였다.

다산초당으로 향하는 길에는 백련사가 있는데 동백나무 길이다. 100년에서 300년이 넘는 동백나무가 군락을 이루고 있었다. 이 길은 다산이 초의선사와 함께 시국담을 나누며 자주 걸었던 유서 깊은 숲길로 전해진다. 만덕산 자락의 백련사를 거쳐 해월루에 올라 흐르는 땀을 식혔다. 멀리 강진만이 한눈에 들어왔다. 다산은 이곳에서 바다를 바라하며 고향의 가족을 그리워했을 것이다.

길가에 피어난 녹차 잎을 따서 입속에 넣으며 다산초당으로 향했다. 초옥을 생각하였는데 기와집이다. 관리의 번거로움을 피해 기와로 대체하였다는 것이다. 다산초당茶山艸堂이라는 현판은 초당을 복원할 당시 김정희金正喜의 친필을 모각하여 매달았다고 전한다. 그곳에서 네 가지 경물을 보았다. 다조茶竈, 약천藥泉, 정석丁石, 연지석가산蓮池石假山이다.

다조茶竈는 차를 끓이던 부뚜막 바윗돌로 초당 앞마당에 놓인 평평한 바위다. 이 바위에서 솔방울로 불을 지펴 차를 끓여 마셨다고 전한다. 잠시 바위에 앉아 제자들과 차를 나누는 모습을 떠올려보았다.

약천藥泉은 평소 물을 떠 마시거나 차를 끓일 때 사용하던 샘터로 초당 뒤에 있는데 지금은 사용할 수가 없다는 안내문이 있었다.

정석丁石은 초당의 주인이 자신임을 나타내기 위해 자신의 성인 정丁을 새긴 바위다.

연지석가산蓮池石假山은 초당 오른쪽 연못 중앙에 산 모양으로 돌을 쌓아 조성한 곳이다.

다산 선생이 거처하던 동암과 제자들이 거처하던 서암이 있었다. 초당 서쪽에는 약초와 채소를 심었고, 연못 뒤쪽으로는 관상수와 꽃나무를 심었다고 한다. 학문과 노동을 동일시하는 다산이 제자들과 함께 몸소 텃밭을 일구며 땀 흘리는 모습이 보이는 듯하였다.

강진은 다산이 1801년부터 1818년까지 유배되어 18년간 머문 곳으로 500여 권의 저서와 2,500여 수의 시를 남긴 곳이다. 다산의 위대한 업적은 대부분 이곳 다산초당에서 이루어졌다. 또한 자식 교육을 위해 장기와 강진에서 두 아들에게 26통의 서간書簡과 9통의 가계家誡를 보낸 곳도 이곳이다. 고향에 두고 온 아내를 그리워하며 시를 짓기도 한다. 언제나 따뜻하고 인정 많은 다산의 인간애는 가족 사랑에만 그치지 않았다. 정조의 극진한 총애를 받던 다산은 목민관이 되어 여러 관직을 거치게 된다. 그는 궁핍한 백성들의 고난을 위로하고, 항상 그들 편에서 정사政事를 펼쳤다.

다산 정약용은 조선 후기 실학을 집대성한 위대한 학자이고, 뛰어난 시인이며 교육자였다. 억설이 될지는 모르겠으나 유배 생활은 불행 중 다행으로 실학에 커다란 업적을 남겼다. 오늘날 당리당략으로 싸움을 일삼는 위정자들은 진실로 국민을 위해 일하여 존경받는 정치인이 되어야 한다는 생각도 해보았다.

다산유물전시관을 관람하기 위해 하산을 시작했다. 자연 상태의 오솔길은 빗물에 씻기고 많은 길손을 맞이한 탓일까 나무 뿌리들이 앙상한 모습으로 드러나 있었다. 다산은 마을로 이어지는 이 길을 오가며 실학의 의지를 다잡았을 것이다. 내려오는 길에 다산의 18 제자 중의 한 사람인 윤종진의 묘 앞에서 잠시 걸음을 멈추었다.

다산유물전시관은 잘 정비되어 있었는데 관람 시간이 부족하여 아쉬움을 달래며 버스에 몸을 실었다. 성공적이고 지혜로우며 인간적인 삶을 살아가기 위해서는 어찌해야 하는가에 대해 자문자답하며 문학 탐방을 마무리하였다.

2019년 여름

다산의 가족사랑

강진에서 문학 탐방을 시작하며 생각한 것이 하나 있다. 다산 정약용은 유배 생활을 하는 동안 멀리 떨어진 가족들과는 어떻게 지냈을까 하는 궁금증이었다.

파란만장한 삶을 살다 간 다산이 가족을 생각하며 걱정하였을 초당 앞뜰에 섰다. 다산은 15살에 홍화보의 딸 풍산 홍씨와 결혼하여 6남 3녀를 낳았으나 4남 2녀가 요절하고 2남 1녀만 장성한다. 여섯 명의 자녀들이 요절할 때마다 그 책임이 자신에게 있다고 하여 참회의 눈물을 흘렸다고 전해진다. 어린 나이에 세상을 떠난 4명의 자녀를 위해서는 안타까운 마음으로 묘비명을 썼다. 묘비명에는 부자간의 사랑과 아버지의 회한이 담겨있음을 볼 수 있다.

묘비명은 죽고 나서 남기는 글이기 때문에 그 사람의 인생관을 담고 있는 경우가 많아 세상에 남기는 마지막 인사라고 한다. 강진으로 유배 가 있는 동안 넷째 아들 정농장이 죽었다는 소식을 듣고 매우 슬퍼하며 무덤에 묻어주는 편지 형식의 글을 써서 보냈다.

'나는 죽는 것이 사는 것보다 나은데 살아 있고, 너는 사는 것이 죽는 것보다 나은데 죽었으니, 이것은 내가 어찌할 수 없는 일이다.'

눈물 없이는 읽을 수 없는 애잔한 글이다. 아버지로서 아들의 죽음을 슬퍼하고, 유배당하고 있는 자기 삶에 대한 회한이 묻어나는 묘비명이다. 먼저 간 자식은 부모의 가슴에 묻는다는 말이 있는데, 하나가 아니고 여섯 명의 자녀가 요절했으니 아픈 심정을 어찌 다 헤아릴 수 있겠는가. 또한 떠나는 네 명의 자식을 위해 묘비명을 쓰는 아버지의 심정은 슬픔 그 자체가 아니었을까. 다산은 위대한 학자이기 전에 자식들에게는 정이 많은 아버지였다.

다산의 유배로 자식들은 벼슬길에 오를 수 없는 폐족廢族이 된다. 자칫 자녀들이 공부를 포기하고 잘못된 길로 들어서지는 않을까 염려하여 서간문은 폐족의 생존법과 실용적인 경제교육, 그리고 학문에 전념하기를 바라는 내용이 주를 이룬다. 독서에 정진하고 몸가짐을 바르게 하며 인생을 어떻게 살아야 하는가에 대해 세세하게 가르침을 주었다. 두 아들에게는 대단히 엄격하였으나 때로는 다정다감한 모습을 보인다.

　유배 중에 아들과 아버지는 서찰을 통해 만남이 이루어진다. 오늘날로 치면 원격교육을 한 셈이다. 덕분에 장남 학연은 시문에 능하게 되었고, 차남 학유는 「농가월령가」의 저자가 되었다. 편지글을 읽다 보면 살아가며 지키고 행동해야 할 덕목들이 너무 많기에 어쩌면 아들들이 심적 부담을 느꼈을 것이란 생각이 들었다. 그럼에도 다산은 유배라는 어려움 속에서도 자식 교육을 위해 최선을 다한 강한 아버지였다.

　다산은 1806년 유배지인 강진에서 고향에 두고 온 아내를 그리워하며 시를 짓는다. '하룻밤 휘날리는 꽃은 천 조각이요 / 우는 비둘기와 어미 제비 지붕 맴돌고 있네 / 외로운 나그네 아직 돌아가지 못하니 / 어느 때 비췻빛 규방에서 꽃 잔치를 여나 / 그리워 말자 그리워 말자 / 꿈속에 그 얼굴이 슬프기만 하구나.' 얼마나 보고팠으면 꿈속에서라도 보고 싶다고 하였을까. 아들과 아내의 편지를 받을 때는 그리운 감정에 가슴이 메어 시를 읊었을 것이다.

　어려운 가정을 이끌어가던 부인 홍씨 또한 남편을 그리워하며 시집올 때 입고 온 분홍색 치마가 세월이 흘러 빛이 바래자 새로 저술하는 책의 표지 장정에 사용토록 보낸다. 다산은 아내가 보내준 그 치마를 보며 밤마다 아내를 그리워했을 것이다. 다산은 장정하고 남은 천으로는 두 아들에게 경계의 글을 적어 보냈고, 시집간 딸에게는 「매조도梅鳥圖」를 그려 주었다. 부인의 치마는 「하피첩霞帔帖」이라는 가족의 상징물로 다시 태어났다.

　돌이켜보면 나 자신의 가족사랑은 다산과 비교하면 아주 미약하였기에 크게 반성한다. 바쁨을 핑계로 아이들의 성장 발달에 본보기가 되는 가르침을 주지 못하였기 때문이다.

　요즘 젊은 부모들의 자녀교육을 보면 안타까움이 앞선다. 바른 인성교육보다는 교과교육을 중하게 여기며 경쟁에서 이기는 방법을 강요한다. 결국 아이들은 부모의 욕심으로 빈틈이 없게 짜인 일상 때문에 고운 심성과 꿈을 상실한다. 자녀들이 성공적인 삶을 영위하려면 부모는 인간적인 삶의 정신을 가르쳐야 할 것이다. 현대를 살아가는 사람들에게 가족 사랑을 본보기로 보여준 다산이다. 다산이 유배지에서 보낸 편지들을 읽으며 가족 사랑의 의미를 음미해 보았다.

2019년 여름

제주로 간 사연

중국으로 여행하는 날이 밝았다. 2008년 1월 27일은 초등학교 동창생 부부들이 중국의 장가계로 해외여행을 가는 날이다. 창문을 여니 영하의 날씨에 희뿌연 하늘은 금방이라도 눈이 내릴 듯 음산하다. 아내는 여행을 간다고 들뜬 마음에 짐을 꾸리느라 분주하더니 잠을 설친 눈치였다. 이른 새벽에 인천공항으로 향하는 버스에 올랐다. 공항에 도착하니 벌써 몇 명의 친구들은 일행을 기다리고 있었다. 반갑게 인사를 나누고, 간단히 아침 식사를 마친 후 출국 절차를 밟았다.

미지의 세계로 떠나는 일행들의 마음은 벌써 여행지에 가 있는 듯했다. 비행기에 탑승하여 이륙을 기다렸다. 그런데 출발 시간이 한 시간이나 지났는데도 비행기는 제자리를 지키고 있다. 기내의 모든 승객은 궁금해하였지만 안내 방송은 없었다. 얼마의 시간이 더 흐른 뒤 중국 국적의 항공기는 짧은 거리를 움직였다. 승객들은 이제야 비행기가 이륙하려나 보다 기대에 부풀어 있었는데, 잠시 후 안내 방송이 나왔다. 현지의 기상 여건이 좋지 않아서 비행기는 출발할 수 없다는 것이다. 그러니 짐을 가지고 입국 절차를 밟으라는 것이다. 승객들은 어쩔 수 없이 불평하며 입국 절차를 밟아야 했다. 출국 수속과 입국 절차가 단 몇 시간 만에 이루어진 셈이다.

현지의 공항에 눈이 내리고 있어 결항이 되었다는 것을 안 것은 입국장을 나와서였다. 여행객 일부는 무성의한 항공사에 대해 항의를 했다. 비행기에 승객을 태우고 결항에 대한 안내 방송도 없이 오랜 시간을 방치할 수 있단 말인가? 아무리 외국 항공사라도 기본적인 예의와 항공 서비스는 지켜야 한다고 볼멘소리를 쏟아냈다. 국내 여행이든 국외여행이든 집을 떠나면 어려움도 따르고 불편한 점도 있게 마련이다. 참으로 알 수 없는 것이 기상이변이다. 변화무쌍한 자연 현상이 때로는 여행객들의 발목을 잡는다.

입국장을 나온 일행들은 허탈한 심정이었다. 인솔책임자는 여행사의 담당자에게 전화를 거는 등 바쁘게 움직였다. 여행지로 떠나는 비행기가 결항되었으니 중국의 다른 여행지로 갈 수 있는지 알아보고 있었다. 통화 결과 시원스러운 답을 얻지 못한 눈치였다. 여행사 측에서는 다시 중국 여행 일정을 마련한다고 했다. '제주도로 가자, 집으로 가자, 중국 여행을 다음 기회로 미루자.'라는 등 의견이 분분했다. 나는 작은 아들이 제주에서 직장생활을 하여 여러 번 가 보았지만, 이왕 나왔으니 여행지를 제주도로 하자고 제안했다. 집에서 가족들과 이웃집에 소문내고 떠나온 해외여행인데 다시 집으로 향한다면 부인들에게 여간 미안한 일이 아니라고 말했다. 나의 제안에 부인네들이 더 적극적으로 제주행을 원해 의견의 일치를 보았다.

마침 인천공항에서 제주로 향하는 항공기가 있기에 표를 구하고 탑승하였다. 어두운 표정을 보이던 부인네들의 얼굴은 한층 밝아졌다. 오후 2시가 넘어 제주공항에 내리니 현지 가이드가 우리를 맞이하였다. 여행사가 마련한 전세버스를 타고 숙소로 향했다. 숙소는 주로 수학여행단이 머무르는 널찍한 방이었다. 수학여행 비수기라 방이 비었을 것이다. 여러 명이 함께 사용해야 하는 어려움도 있었지만 갑작스럽게 바뀐 여행이기에 작은 불편은 감수해야 했다.

우리 일행은 중국으로의 여행은 깨끗이 잊고, 새로운 기분으로 제주에서의 여행을 시작하였다. 그날 처음 만난 부인네들도 어느새 가까운 사이가 되어 대화를 나누고 있었다. 중부지방보다는 따뜻한 여행지에서 동창들과 친목을 다지며 여행을 즐겼다. 등산 장비도 없이 함박눈이 내리는 한라산을 오르다 미끄러워서 중도에 하산하는 추억도 만들었다. 다만 불만이 있었다면 현지 가이드가 농원이나 상점을 소개하며 들르는 장소였다.

그곳에서는 팔려는 물건에 대해 몸에 좋다고 장황한 설명을 하고 구입을 촉구하는 행위가 이어졌다. 일행 중에는 관절염에 좋다고 말 뼈다귀 가루를 사기도 했는데 효험을 보았는지는 알수 없다.

저녁 시간에는 일행 모두가 숙소의 널찍한 방에 모였다. 준비된 다과와 음료를 마시며 인생사에 대한 이야기꽃을 피웠다. 가정사에 관한 이야기도 있었고, 여행에 관한 이야기도 있었다.

갑자기 친구 한 명이 일어나더니 방의 벽에 써진 낙서를 소리 내어 읽기 시작했다. 나는 그 친구와 벽을 번갈아 바라보았다. 낯 뜨거운 그림과 낙서들이 벽을 장식하고 있었다. 성인이 한 짓은 아닐 테니 방을 사용한 청소년들의 행위일 것이다.

문득 친구들과 일본 여행을 갔을 때 벳푸에서의 일이 떠올랐다. 벳푸시는 온천 도시로 한국인, 중국인, 대만인 등이 많이 찾는다고 한다. 그중에서도 한국인들이 가장 많다고 한다. 호텔에 투숙하였는데 기모노를 입고 오면 온천탕을 무료로 사용할 수 있다고 안내되어 있었다. 자국의 문화를 접해보라는 의미가 있었겠지만 우리는 기모노 입기와 게다짝 신기를 포기했었다. 방 안을 둘러보니 현관 쪽의 벽면에 작은 종이가 눈에 띄었다. '한국 아줌마들, 제발 수건 가져가지 마세요.'라는 문구가 서툰 글씨체로 쓰여 있었다. 한국어로 그 쪽지에 글을 쓴 일본인은 한국인을 어떻게 평가했을까? 어떤 수건이기에 일본까지 와서 망신을 떨고 있는지 궁금하여 수건을 펼치니 우리나라에서도 흔하게 볼 수 있는 널찍한 목욕수건이었다. 많은 사람이 해외여행을 하다 보니 나라의 명예를 실추시키는 사건들도 종종 일어난다. '미꾸라지 한 마리가 물을 흐린다.'라는 속담을 되새겨 보았다.

여행을 마치고 제주를 떠나는 날 아침에는 눈이 내리고 있었다. 한 부인네는 비행기가 뜨지 못하면 어쩌나 하며 근심을 한다. 눈 때문에 여행지가 바뀌어 제주에서 보낸 여행의 추억은 모두의 가슴속에 오래 기억될 것이다.

2016년 가을

제4부

수술하면
큰일
납니다

불법 의료행위

등교하던 아이들이 나를 향해 달려왔다.

"선생님 닭들이 다 죽었어요."

그들을 따라가 보니 운동장 위쪽에 있는 도로와 출하를 앞둔 배추밭 곳곳에 닭들이 널브러져 있었다. 병아리를 사서 키웠는데 어느새 중닭으로 자란 녀석들이다. 배추밭 주인이 쥐들을 잡기 위해 밭에 쥐약을 놓았는데 닭들이 먹었나 보다. 살펴보니 아직은 숨이 끊어지지 않은 듯 보였다. 순간 머리에 떠오른 것은 혹시 수술이라도 해주면 살아날 수 있지 않을까 하는 생각이었다.

이 생각은 즉시 실행에 옮겨졌다. 우선은 아이들과 함께 닭들을 주워서 한곳에 모았다. 정확한 숫자는 기억에 없지만 열 마리는 넘었다. 안됐다는 듯이 지켜보던 아이들 각자에게 임무를 부여했다. 실과 바늘, 주전자, 양동이와 물, 커터 칼을 가져오라고 했다. 순식간에 수술을 위한 준비가 끝났다. 모든 닭의 모이주머니를 칼로 열고, 주전자를 이용하여 물로 씻어냈다. 다음에는 가정에서 쓰던 굵은 실로 모이주머니를 꿰매기 시작했다. 얼마나 시간이 흘렀는지 모르지만, 수술은 끝났고 기다림만 남았다. 축 늘어져 있던 닭들이 하나둘 깨어나기 시작했다.

외과적 수술(?)은 성공적이었다. 세 마리는 영원히 눈을 감았고 나머지는 모두 살아났다. 그중에서 한 마리는 수술을 잘못했음인지 물을 먹으면 목에서 물이 줄줄 흘러내렸다. 아이들은 그 닭을 보며 불쌍하다고 하였기에 녀석은 가장 늦게 식탁에 올랐다.

이렇게 시작된 의료행위는 나의 몸에 이상이 오면 내가 진단을 내리고 약 처방을 하는 것으로 이어졌다. 민간요법에 관해서도 관심을 갖게 되었고 관련 책도 보았다. 때론 아픔을 호소하는 타인들에게는 어찌하면 병이 낫는다고 일러주기도 했다. 세월이 많이 흘렀고 어느 날 친구에게 행한 불법 의료행위로 인하여 큰 사건이 터지고야 말았다.

무더운 여름날이다. 초등학교 동창으로부터 놀러 오라는 연락을 받았다. 날씨도 더운데 닭요리도 먹고, 물고기를 잡아 매운탕도 끓여 먹자는 것이다. 퇴직하여 일없이 빈둥거리며 놀던 나는 친구 두 명과 낚시점에서 어항을 사서 출발을 하였다. 초대한 친구는 화천으로 향하는 도로변에 살고 있다. 집 앞으로 흐르는 계곡의 물은 위쪽에 오염원이 없어서인지 명경지수다. 하늘과 나무와 자연이 물속에 들어있다. 도착하여 첫째로 한 일은 물속에 어항을 설치하는 일이다. 차가운 물에 발을 담그니 등줄기를 타고 흐르던 땀이 사라진다. 오염되지 않은 깨끗한 물에 산다는 버들치가 어항으로 몰려들었다. 닭고기를 안주로 하여 이야기를 나누며 술잔을 비웠다.

더위를 피해 계곡으로 내려가게 되었는데 냇가에는 양봉장에서 나온 수많은 벌들이 물을 나르고 있었다. 함께 갔던 친구가 하는 말이 봉침이 몸에 좋아서 많이 맞아 보았다고 한다. 나는 시골에서 양봉하며 벌에게 수없이 쏘여보았기 때문에 벌이 무섭지 않다. 손으로 벌을 잡아 친구가 놓아달라는 손목, 무릎, 옆구리 부위에 벌침을 놓기 시작했다.

아! 이것이 큰 화근이 될 줄이야 누가 알았겠는가. 잠시 후 그늘에 앉아있던 친구가 쓰러졌다. 의식을 완전히 잃었고 호흡도 거의 멈춘 듯 보였다. 당황한 나와 친구들은 생사를 넘나드는 긴박한 상황에서 번갈아 가며 인공호흡을 실시했다. 나의 불찰로 친구를 잃게 되었다는 죄책감에 시달리며 인공호흡을 계속했다.

119를 불렀는데 30분이 지나서야 구급차가 도착했다. 어떻게 왔는지 모르지만, 대학병원 응급실에 도착하였다. 나는 담당 의사에게 벌침을 놓았기에 의식을 잃었다고 말하니 그에 대한 응급처치를 시작했다. 의사는 환자의 체온이 너무 많이 떨어져 위험하니 체온을 올려야 한다고 말했다. 가족에게도 즉시 연락하였는데 다행히 의식을 회복했을 때 부인과 아들이 도착하였다. 지옥과 천당을 오간 시간이 지나갔다. 긴박했던 시간이 흐른 뒤 나의 몸은 완전히 녹초가 되어있었다. 의식을 되찾은 친구와 생사의 갈림길에서 소생시키기 위해 긴 시간을 함께한 친구들이 그렇게 고마울 수가 없었다.

'진료는 의사에게 약은 약사에게'라는 표어 문구가 새삼 마음에 와닿는다. 의료법 제27조에 보면 '의료인이 아니면 누구든지 의료행위를 할 수 없으며 의료인도 면허된 것 이외의 의료행위를 할 수 없다'라며 무면허 의료행위를 금지하고 있다. 의료인이 아닌 자가 행한 의료행위는 그 자체가 범죄행위가 되어 처벌받게 된다. 내가 친구에게 행했던 벌침 시술은 사건화되지 않았을 뿐이지 결국은 범죄행위를 한 결과였다.

대부분 사람은 삶에서 가장 소중한 것이 건강이라고 말한다. 우리 인체의 구조와 기능은 신비스러울 정도로 복잡하고 경이롭다. 이런 몸에 이상이 왔다면 전문 자격증을 갖춘 의사에게 진료받아야 한다. 하지만 오랜 기간 병마에 시달리거나 불치의 병을 선고받은 사람들은 주위에서 권하는 민간요법에 귀가 얇아진다. 이런 사람들은 마지막이라는 심정으로 불법 의료행위를 받아들인다. 문제는 불법으로 시술을 하여 치료를 받은 사람에게 사고가 발생하면 형사상의 모든 책임을 져야 한다는 데 있다.

그동안 바쁘게 살아오며 소중한 몸을 잘 돌보지 못하였나 보다. 이제 나이가 들어가며 몸은 점차 정상의 범위를 벗어나 병원을 찾는 빈도가 늘어나고 있다. 근래에는 치과, 내과, 피부과를 찾아 진료받았다. 앞으로 나의 몸에 무엇이 고장 나 병원을 찾게 될지는 모를 일이다. 타인의 건강을 위해 의사의 진료를 받아보라고 조언을 할지언정 불법 의료행위는 나의 사전에서 지워야 한다.

병원에서 치료받던 친구는 간호사에게 부러진 갈비뼈 쪽의 옆구리가 아프다고 말했단다. 간호사가 말하기를,

"선생님은 갈비뼈가 부러지도록 인공호흡을 받은 덕분에 살았어요."

다행히도 죽마고우는 치료를 잘 받고 건강한 모습으로 퇴원하였다. 벌침 시술은 불법 의료행위였음이 분명하고, 인공호흡은 꺼져가는 생명을 살리는 기술이었다.

2019년 여름

떳장밥

군에 근무하는 학부모와 저녁을 하는 자리였다. 군에서 운영하는 회관에서 식사하게 되었는데 뜻하지 않은 사건으로 불편한 자리가 되었다. 밥그릇을 반쯤 비웠는데 아래쪽에 층을 이룬 새로운 밥이 담겨있었다. 밥그릇을 응시하자 학부모가 눈치를 챘다.

"아니 이거 떳장밥 아닙니까? 아이고 선생님 죄송합니다. 이 자식들이……."

병사가 불려오고 언성이 높아졌다. 병사는 당황한 모습으로 어찌할 바를 몰라 했다. 모른 척하고 먹다가 병사에게 주의하라고 했더라면 좋았을 것이란 뒤늦은 생각이 뇌리를 스치고 지나갔다. 그날 나는 '떳장밥'이라는 단어를 처음 들었다. '떳장'이란 흙이 붙은 뿌리째 떠낸 잔디의 조각을 말한다. '떳장'에 비유하여 생겨난 밥이 '떳장밥'이다. '떳장밥'이란 반쯤 먹은 밥그릇에 새로운 밥을 담아내는 것을 말함이다.

현직에서 근무할 때 직원들과 식사하고 있었다. 밥을 먹다 보니 낯익은 밥이 눈에 들어왔다. '이키! 이건 뗏장밥이다.' 함께 식사하는 사람들의 눈치를 살피며 밥그릇 비우기를 중단했다. 식사 대금을 지불하고 주인에게 밥그릇을 보이며 상황 설명을 하였다. 주인은 잘못했다는 사과는커녕 절대 그럴 리가 없다며 펄쩍 뛴다. 앞으로 이 식당을 와서는 안 되겠다고 생각하며 씁쓸한 기분으로 식당을 나왔다.

매스컴에서 착한 식당을 찾는 프로가 있어 유심히 보게 되었다. 어느 식당은 손님상에 나갔던 반찬들이 한곳에 모이고, 재사용하는 장면이 나왔다. 순간 '뗏장반찬'이란 단어를 떠올렸다. 국어사전에는 '뗏장밥'과 '뗏장반찬'이란 단어가 없다. '뗏장반찬'이란 내가 만든 단어다.

식당을 잘 운영하려면 주인의 처지에서는 이윤을 많이 남겨야 한다. 그러려면 음식을 조리하는 데 필요한 모든 재료를 아껴야 한다. 아끼는 방법을 찾아보면 있을 텐데 당장 눈앞의 이익만 생각하다 보니 손가락질 받는 불결한 식당이 된다. 가장 중요한 것은 손님을 내 가족과 같이 정성으로 모시는 올바른 태도일 것이다. 앞으로 외식이 있을 때는 당신과 나의 밥상에 '뗏장밥'과 '뗏장반찬'이 올라오지 않기를 기원한다.

2016년 봄

수술하면 큰일 납니다

"수술하셔야겠습니다."

주치의는 걱정스러운 표정으로 나를 보며 입을 열었다. 뜻밖의 말에 순간 머릿속이 하얗게 변하였다. 몸에 아주 커다란 이상이라도 생긴 것인가? 의사와 나 사이에 잠시 무거운 침묵이 흘렀다.

내가 병원에 입원한 것은 위궤양으로 복통이 심했기 때문이다. 직장 선배는 진료를 잘하는 의사를 알고 있다며 소개해 주었다. 대학병원 내과 의사에게 특진을 받았다. 처음 대하는 의사의 모습은 매우 중후하게 보여 안심이 되었다. 더군다나 이곳은 시설이 좋은 대학병원이니 궤양쯤은 쉽게 치료가 될 거라고 생각했다. 입원을 하게 되면 오직 의사와 간호사의 지시에 따르고 몸을 맡겨야 한다. 어려움을 참으며 치료를 잘 받고 있었는데 결과가 좋지 않았는지 의사는 입원한 지 열흘째 되던 날 수술 이야기를 꺼냈다.

　의사는 왜 수술을 해야 하는가에 관해 설명하였다. 위에서 십이지장으로 가는 유문이 좁아져 음식물이 내려가지 못하니 수술로 문제를 해결해야 한다는 것이다. 외과에 진료를 의뢰해 놓았으니 상담을 하고 수술을 받으라는 것이다. 잡다한 생각들을 떠올리며 외과로 향했다. 의사는 연락받았다며 수술 절차를 이야기했다. 위장에서 십이지장으로 음식물이 통과하도록 관으로 연결하는 수술이라고 했다. 관을 언제 제거하는가에 대한 나의 질문에 평생 지니고 살아야 한다고 이야기했다. 수술이 꼭 필요하면 해야겠지만 가족들과 상의해 보겠노라며 진료실을 나왔다.

　아들의 권유로 서울에 있는 아산병원에다 진료를 예약하였다. 진료 예약일에 가지고 간 영상자료와 입원기록을 접수시켰다. 의사는 매스컴에도 출연하는 명의로 알려져 진료를 잘하리라 기대를 하였다. 환자가 많으니 기다리는 시간도 길었다. 진료실에서 처음 대면한 의사는 웃음을 보이며 이야기를 시작했다.

　"수술하면 큰일 납니다."

　의사의 말에 나는 귀를 의심했다. 지옥과 천당을 동시에 맛본 기분이었다. 약을 처방하여 줄 테니 한 달 후에 만나자고 하였다. 수술하지 않아도 된다니 참으로 고마운 말씀이다. 가벼운 마음으로 병원을 나왔다. 약을 먹으며 며칠 지나지 않았는데 복통은 깨끗이 사라졌다. 식사도 정상으로 하게 되었다. 의사를 전적으로 신뢰하며 몇 개월 동안 약을 먹었다. 마지막 진료를 마치고 의사와 헤어질 때 진실로 감사한 마음을 전했다. 만약 대학병원 의사에게 수술받았더라면 진짜 큰일이 났을 것이다. 평생을 두고 후회할 일이 비켜 지나갔음에 안도하였다. 환자가 좋은 의사를 만난다는 것은 커다란 행운이다.

아내는 척추협착증 치료를 위해 여러 병원을 전전하였다. 춘천에서 치료를 잘한다는 정형외과, 신경외과, 한의원, 통증클리닉 등을 찾았다. 병원마다 의사들 대부분은 치료할 수 있다고 장담하였으나, 효과는 없었다. 서울로 눈을 돌려 강남에 있는 유명한 한의원에 한 달이 넘도록 입원하여 치료받았다. 퇴원하고 며칠 후에 통증은 재발하였다. 치료비 천만 원이라는 거액을 부담했지만, 소득 없이 끝났다.

이름만 대면 대한민국 대부분 사람이 아는 서울의 병원들을 찾아 상담하였다. 의사마다 약물, 시술, 수술 등 치료 방법을 달리 이야기했다. 그중에 척추 전문병원에서 하루는 외래진료를 하고 다음 날은 수술을 한다는 의사를 만났다. 말투로 보아 성격이 직선적이고 무척 강해 보였다. 검사한 사진을 보더니, 수술 절차를 자세하게 설명해 주었다. 아내는 그 의사를 믿고 수술을 결심했다. 다행히도 수술은 잘 되어 통증이 깨끗이 사라졌다. 지금은 수술한지 몇 년이 지났지만, 불편 없이 정상적인 생활을 하고 있다. 명의를 만난 덕분이다.

아픔과 관련하여 유년의 기억이 새롭게 떠오른다. 할아버지는 언제나 침통을 가지고 다니셨다. 배가 아프다고 하면 손과 발에 침을 놓으셨다. 아픔을 참고 침을 맞으면 잠시 후 복통은 씻은 듯이 사라졌다. 더위를 먹으면 열을 내려야 한다며 쓰디쓴 익모초를 찧어서 만든 물을 마시도록 했다. 두 처방 모두는 효과 만점이었으나 두려움에 떨어야 했다. 1950, 60년대 시골에는 의료기관이 전혀 없었다. 이웃 사람들은 몸이 불편하면 할아버지를 찾아왔다. 무면허였지만 침 치료는 돌아가실 때까지 계속되었다. 사람뿐만이 아니라 소가 병이 나도 침으로 고치셨다. 마을 사람들에게 할아버지는 명의로 통했다. 침을 맞으면 낫는다는 믿음을 가지고 있어 병세를 크게 호전시켰으리라 생각한다.

요즘은 어느 병원이나 환자들이 넘쳐난다. 국제질병 협회의 발표에 따르면 인간이 앓고 있는 질병은 무려 8천여 가지가 넘는다고 전한다. 질병이 많다 보니 진료과목이 많아지고 의사의 숫자도 급증하고 있다.

현대의학의 발전은 인간의 수명을 계속 늘려나간다. 질병의 원인 규명을 위한 진단 기술의 향상, 치료제의 개발, 예방의학

등이 눈부시게 발전하고 있다. 세상 곳곳에서는 매일같이 신약이 만들어지고 있다. 불치병으로 절망의 늪에서 허덕이던 환자가 기적처럼 완치되어 퇴원하는 모습도 본다. 인생 100세 시대를 뛰어넘어 150세로 가고 있다. 나이는 숫자에 불과하다는 말은 헛소리가 아니다. 그러나 아무리 의학이 발전해도 환자는 좋은 의사를 만나지 못하면 불행한 삶을 살아가야 한다.

환자나 가족들은 의사들이 모든 질병을 알고 치료하는 전문가라고 생각한다. 그런데 주변을 살펴보면 의사를 잘못 만나 초기 치료에 실패하는 경우를 종종 볼 수 있다. 오진하여 엉뚱한 치료를 하거나, 의사의 실수로 의료사고도 발생한다. 우리 인체의 구조와 생명력은 참으로 신비스럽고 경이롭다. 복잡한 사람의 몸을 대상으로 진료하는 의사도 사람이니 완벽할 수는 없다. 같은 질병이라도 의사마다 진단과 치료 방법이 다르니 치료 효과도 다르지 않겠는가. 따라서 의사의 진료를 무조건 맹종해서는 안 된다는 것이다. 다만 환자는 명의를 만나야 하고, 의사를 신뢰할 때 치료의 효과가 좋게 나타난다는 사실을 알게 되었다.

여러 가지 이유로 병원에 갈 일이 있으면 '수술해야 한다.'라는 의사와 '수술하면 큰일 난다.'라는 두 의사의 얼굴이 번갈아 떠오른다.

2019년 봄

건강 박사들의 삶

KBS TV에서 방영되는 인간극장 프로를 보았다. 93세의 의사 한원주 선생에 관한 이야기가 나왔다. 선생은 현재 남양주에 있는 재활요양병원에서 현역으로 근무하고 계신다. 우리나라 현역 의사 중에 최고령으로 의사 생활만 70년이라고 하니 대단한 분이시다. 항상 봉사하는 마음으로 '남'을 위하는 삶을 실천하고 계셨다. 몸이 아픈 고령의 환자들에게 말동무가 되어주고, 병으로 지친 환자들의 심신을 치료해 준다. 화면이 비추는 한 박사의 모습은 작은 체구에 걸음걸이가 젊은이 못지않게 바르고 당당해 보였다. 과연 이분의 건강 비결은 무엇일까? 아마도 그것은 매사에 긍정적인 마음을 가지고, 몸을 계속 움직이며 하고픈 일을 즐겨하기 때문일 것이다.

춘천박물관에서 철학계의 대부 김형석 연세대학교 명예교수의 인문학 강연을 들은 적이 있다. 100세를 바라보는 교수가 강연을 시작하며 청중에게 던진 말이 재미있다.

"여기 오신 분들은 내가 강연을 잘해 들으러 오지는 않았을 것입니다. 나이 많은 사람이 어떻게 떠드는가 보러 왔을 것입니다."

의자에 앉아 강연하셨는데 120분 동안 휴식 시간 없이 열강하는 모습은 실로 놀라웠다. 1920년생이니 올해로 99세다. 건강 비결로는 욕심을 적게 가지고, 일을 사랑하는 것이라고 이야기하셨다. 교수는 자기 인생 최고 전성기의 시작은 65세부터였다는 이야기를 했을 때 나는 아직 모든 것이 늦지 않았음을 깨닫게 되었고 자신감도 얻었다.

자전거를 타거나 등산을 열심히 하여 튼실한 허벅지를 가진 친구들의 모습을 보면 부러울 때가 있다. 지금 나의 몸은 아무리 보아도 초라하다. 그때 그 시절 한창 젊었을 때 운동을 게을리하여 현재의 몸을 가지게 되었으니 할 말은 없다. 두 분 의학박사와 철학박사의 건강한 삶을 본받아 오늘부터라도 몸과 마음에 활력을 찾도록 노력해야겠다.

2018년 가을

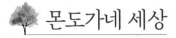

몬도가네 세상

"여기서 무엇을 하고 있나?"

우렁찬 목소리에 깜짝 놀라 고개를 들어 올려다보니 별이 보인다. 바로 지척의 언덕 위에서 사단장이 우리를 내려다보고 있었다. 누군가의 입에서 도롱뇽알을 먹고 있었다는 말이 나왔다. 함께 나타난 장교는 병사들의 소속과 이름을 적었다. 앞으로는 절대로 이런 것을 먹어서는 안 된다며 훈계를 하고 사단장은 떠났다.

전방 탄약고에서 경비를 서고 있을 때의 일이다. 한 병사가 하는 말이 도롱뇽은 신경통, 빈혈, 발기부전 등에 좋다고 했다. 그 도롱뇽알을 경비초소 아래쪽 도랑에서 보았다는 것이다. 병사들은 건강에 좋다는 말에 흥미를 느끼고 그를 따라나섰다. 과연 작은 웅덩이에는 여러 개의 길쭉한 도롱뇽알들이 부화를 기다리고 있었다. 그는 먹는 방법을 시범으로 보여주었다. 나

도 껍질을 까서 눈을 감고 알을 입안에 털어 넣었다. 물컹한 감
각이 느껴지며 알은 목구멍으로 넘어갔다. 바로 그때 사단장이
나타난 것이다. 모두는 영창 갈 준비나 하자며 걱정스러운 마
음으로 여러 날을 기다렸지만 어떤 처벌 조치도 내려오지 않았
다. 혈기 왕성한 청년 시절이었는데 도룡뇽알을 먹고 몸의 어
디가 좋아졌는지는 도무지 알 수 없었다.

오래전에 이탈리아의 자코페티 영화감독이 만든 '몬도가네'
란 영화를 보았다. 세계 각국의 엽기적인 풍습을 찾아내어 이
를 다큐멘터리 형식으로 만든 것이다. 이 영화는 세계의 미개
지나 문명사회의 그늘진 구석구석의 진기하거나 잔인한 현상
들을 보여준다. 혐오성 식품을 먹는 등 비정상적인 식생활과

기괴한 풍습이 화면을 장식한다. 물소의 목을 단칼에 베는 충격적인 장면에선 강한 전율을 느끼기도 했다. 몬도가네 영화가 흥행에 성공하자 감독은 『아프리카는 사라졌다』, 『진정한 몬도가네』, 『세계의 여인들』 등 8편을 시리즈로 만들어 세상에 내놓았다. 영화 상영 이후에 한국에선 엽기적이거나 부조리한 광경이나 사건을 풍자할 때 '몬도가네 같다'라는 말로 비유하여 쓰이고 있다. 이 영화 덕분에 몬도가네라는 단어는 전 세계에 알려지게 되었다.

나도 한때는 비정상적인 식생활로 몬도가네 인간이 되기도 하였다.

무더운 여름의 복날이었다. 좋은 먹을거리가 있으니 함께 가자는 지인을 따라나섰다. 아스팔트 도로의 다리 밑으로 향했다. 방금 잡은 개의 생간을 썰어놓고 먹으란다. 안 먹겠다고 버티다 한 점을 입에 넣었으나 결국은 토해내고 말았다. 한참을 물로 입안을 헹구어냈으나 비릿한 냄새는 온종일 입안을 맴돌았다. 만약 애견가가 그 상황을 목격하였다면 아마도 기절초풍하였을 것이다.

지인들과 두메산골 마을을 찾은 적이 있었다. 점심때가 되었으니 식사를 하러 가자고 하였다. 사방을 둘러보아도 농가 몇 채가 띄엄띄엄 보일 뿐이다. 논둑길을 걷다 보니 초가집이 나타났다. 주인의 안내로 방에 들어갔는데 방이 어두운 탓일까? 호롱불을 밝혀놓았다. 일행은 둥근 상을 가운데 두고 둘러앉았다. 먼저 술상이 나왔는데 희미한 호롱불에 비춘 안주는 흡사 바다에서 잡히는 붕장어처럼 보였다. 아뿔싸, 붕장어가 아니고 껍질을 벗긴 뱀이다. 남자의 정력에는 최고라고 떠들며 먹어대니 접시의 안주는 빠르게 바닥을 드러냈다. 그 집에는 뱀을 잡아서 파는 땅꾼이 상주하고 있어 뱀 안주는 계속 나왔다.

얼마의 시간이 흐르고 난 뒤에 나도 알코올의 힘을 빌려 먹기 시작했다. 나중에 들어서 알았지만 뱀에는 사충蛇蟲이 있어 날로 잘못 먹으면 충이 머리로 올라가 실명까지 된다는 이야기를 듣고 깜짝 놀랐다. 도롱뇽알, 개의 간, 뱀 안주는 몬도가네로 또렷이 각인되어 세월이 많이 흘렀어도 잊히지 않는다.

몬도가네를 한국어로 의역하면 '개 같은 세상'이라고 한다. 이 시대를 살아가는 사람 중에는 돈만 있으면 지금은 참으로 살기 좋은 세상이라고 말하는 이가 있다. 과학 문명의 발달은 인간 생활을 대단히 편리하게 만들어 놓았기에 돈만 있으면 무엇이든 다 할 수 있다는 생각에서 기인했을 것이다. 문제는 물질의 풍요로움이 예기치 않은 부작용으로 나타나는 것이다. 문명의 이기利器 뒷면을 보면 인간의 도리를 벗어난 행동들이 있어 우리를 슬프게 만든다. 우리나라의 현실을 보더라도 각처에서는 개인과 집단의 이익과 이권을 위해 온갖 권모술수를 동원한다. 그 결과 사회와 나라는 혼탁해지고 병폐에 시달리게 된다. 오래전에 유행처럼 번지던 '아더메치'란 단어가 자꾸 뇌까려진다.

각종 방송, 언론매체, SNS를 통해 전해오는 소식들을 보면 좋은 소식보다는 눈살을 찌푸리게 하거나 가슴 아프게 만드는 소식들이 훨씬 많다. 매일 이해 못 할 끔찍한 사건이나 사고 소식을 접하며 혀를 차기도 하고 충격에 빠지기도 한다. 인간의 탐욕으로 얼룩진 세상을 보며 어떤 사람들은 '개 같은 세상이다, 말세다'라며 푸념을 늘어놓기도 한다.

우리는 지금 '개 같은 세상'에 살고 있는가? 몸에 좋다고 하면 못 먹을 음식이 따로 없고, 부귀영화를 위해서는 못 할 일도 없는 세상이다. 나라마다 음식문화가 다르고 사회 환경과 풍습이 다르니 몬도가네 세상을 보는 시각도 달라야 한다. 앞으로도 몬도가네 세상은 이 지구상에서 계속 존재할 것임을 알면서도 '개 같은 세상'은 많이 줄어들었으면 좋겠다고 생각해 보았다.

2021년 봄

장애인 체육대회

전국장애인체육대회가 강원도 일원에서 열리기에 자원봉사자 신청을 하였다. 내가 봉사를 할 장소는 춘천국민체육센터 수영장으로 정해졌다. 대회가 시작되는 아침에 자원봉사센터에서 준 단체복을 입고 수영장으로 향했다. 10월 하순의 쌀쌀한 날씨는 바람까지 불어 옷깃을 여미게 한다. 선수와 가족들은 수영장 로비에 마련된 대형 난로 주위에서 몸을 녹이며 대회의 시작을 기다리고 있었다.

봉사자 대부분은 여자들이었고, 남자들은 많지 않았다. 부서를 정해주는데 남자들은 인원이 적으니 남자 탈의실에서 봉사하란다. 주어진 임무는 탈의실 관리다. 하는 일은 선수들의 어려움을 돕고, 물걸레로 바닥을 청소하고, 경기가 끝난 선수들이 들고 온 옷 바구니를 정리하는 일이다. 봉사자 다섯 명은 탈의실로 향했다. 우선은 일행 중의 한 분이 하시는 말씀을 잘 기억해야 했다. 장애인들의 어려움을 보았을 때는 반드시 의사를 타진하고 도움을 주라는 것이다. 탈의실 안은 미리 연습을 끝낸 선수들로 가득했다. 한 장애인이 휠체어를 타고 탈의실 안으로 들어오려고 경사진 턱을 힘겹게 오르다 뒤로 미끄러졌다. 도움을 주어도 되겠냐고 물어보려는 찰나에 인상을 찌푸린 그는 나를 향해 한마디 했다.

"도와주지 않고 뭐 하는 겁니까."

황급히 휠체어를 안전하게 밀어 올렸으나, 그는 뒤도 안 돌아보고 탈의실로 들어갔다. 아마도 그 선수는 기분이 몹시 상했던 모양이다. 봉사를 시작하기도 전에 역할을 다하지 못하여 핀잔을 들었다.

드디어 경기가 시작되었다. 사실 나는 장애인 수영경기가 어떻게 치러지는지 퍽 궁금했다. 신체가 부자유한 사람들이 수영하는 데는 어려움이 많을 것이라는 막연한 생각을 하고 있을 뿐이었다. 수영 선수들은 모든 신체를 밖으로 드러내야 한다. 그런데 대회에 참가한 선수들은 자신의 장애를 의식하거나 부끄러워하지 않고 모두 당당한 모습들이다. 팔과 다리가 온전치 못하고, 듣지도 못하며 보지도 못하는 선수들이 경기를 끝내고 탈의실로 들어왔다. 경기 성적보다는 최선을 다한 선수들은 서로를 격려하고 있었다. 또한 선수들의 모습은 밝고 순수해 보였다. 실제 생활전선에서는 어떠할지 몰라도……

경기를 끝낸 한 선수와 이야기를 나눌 기회가 있었다. 그 선수는 팔과 다리 일부가 없어 휠체어는 보조자가 밀어주어야 하고, 옷을 입는 것도 도움을 받아야 한다. 수고가 많았다며 말을 건넸더니, 그는 웃으며 이젠 나이가 많아 은퇴해야겠단다. 그는 자신에게 주어진 장애는 생활에 조금 불편할 뿐이라며 웃음을 보였다. 지역을 대표하여 여러 해 경기에 참여하고 있다는 그는 지난날의 아픈 사연도 살짝 들려주었다. 그와는 짧은 만남이었지만 삶에 대한 자신감과 굳은 의지를 엿볼 수 있었다.

봉사하며 장애에 대한 여러 가지 공부를 하였다. 수영 경기에 참여한 선수들은 남녀별, 장애별로 나뉘고 급수에 따라 경기가 진행되기 때문에 경기 수가 많음도 알았다. 장애인 수영 대회에서는 지적장애와 청각장애 선수들을 제외한 나머지 선수들은 영법에 상관없이 능력에 따라 풀 사이드, 출발대, 물속에서 출발할 수 있다고 한다. 그래서 출발하는 자세도 각자 달랐다.

장애인은 크게 신체적 장애와 정신적 장애로 나눌 수 있다. 신체적 장애는 외부기능의 장애와 내부기능의 장애로 나뉘고, 정신적 장애는 발달장애와 정신장애로 나뉜다. 장애의 종류도 헤아릴 수 없이 다양함을 알았다. 보건복지부에서는 호칭을 장애자, 불구자, 장애우가 아니라 장애인으로 고쳐서 쓰도록 권하고 있다. 장애인들은 장애우라는 용어를 장애인이라는 용어보다 훨씬 싫어한다고 한다.

선천적으로 장애를 물려받은 사람은 숙명적으로 받아들인다. 그런데 대다수 사람은 살아가면서 후천적 장애를 겪는다. 후천적 장애는 불가항력의 사고로 이루어진다. 어쩔 수 없이 장애인이 되기도 하나, 때로는 만들어지기도 하는 것이다. 장애가 있는 사람들은 본인의 장애에 대해 모두 이유 있는 답변을 한다. 잘못된 생각이나 생활은 후천적 장애로 나타난다. 한 예로 예쁜 얼굴 더 예뻐지려고 성형수술을 하였는데 안면 장애가 와서 고통을 호소하는 사람도 보았다.

장애인들은 일반인을 비장애인이라고 부른다. 그들이 말하는 비장애인 가운데 장애를 가지지 않은 사람이 몇이나 될까 하는 의문을 가져본다. 세계적인 천재 물리학자 스티븐 호킹 박사는 '장애인은 특별한 요구를 가진 정상인'이라고 불렀다. 그것은 특별한 요구가 해결된다면 장애인이란 존재하지 않는다는 뜻이다. 그 특별한 요구가 해결될 때까지 한시적으로 장애인이 된다는 것이다. 나도 한때는 위장 장애로 고통을 받았었고, 강박적 사고로 강박장애를 겪기도 하였다.

드디어 5일간의 대회가 마무리되었다. 온몸으로 물살을 가르던 선수들이 하나둘 경기장을 떠나고 있었다. 장애인체육대회 봉사는 나에게 특별한 의미가 있는 시간이었다. 사지가 멀쩡한 나는 행운아였음에 감사해야 했고, 장애인에 대해 새로운 시선으로 그들을 보게 되었다. 후천적 장애를 겪지 않으려면 어떤 노력이 필요한지도 생각해 보았다. 장애를 극복하고 새롭게 자기 삶을 개척한 수많은 국내외의 사람들은 인간 승리자들이기에 박수를 보낸다.

짐을 정리하여 힘겹게 물건을 들고 떠나는 장애인 한 분에게 좀 도와주겠노라고 했더니 그는 극구 사양하며 힘든 발걸음으로 수영장을 떠났다. 선수들로 북적거리던 탈의실엔 적막함이 찾아들었다.

2016년 겨울

만능 스포츠맨

초임발령을 받고 학교에 부임하였다. 교장 선생님이 첫 대면에서 하신 말씀 때문에 몹시 당황하였다. 육성 종목으로 농구를 신청하였으니 지도하라는 것이다. 1960년대 한국 농구의 전설로 불리는 신동파 선수와 박신자 선수는 알고 있었다. TV가 흔하지 않던 시절에 라디오로 농구 경기 중계방송을 들었지만, 농구 경기를 해본 경험이 없거니와 경기를 직접 관람한 적도 없었다. 기본 지식이 전혀 없는 상태에서 지도하라는 엄명을 받은 것이다.

운동장 어디를 보아도 농구대는 없었다. 농구대를 새로 만들어 주신다는 말씀이다. 어느 날 목수는 책에 있는 규격을 보고 농구대를 만들기 시작했다. 낙엽송 나무 두 개로 기둥을 세우고 백보드 판을 만들어 달았다. 대한민국에 하나밖에 없는 이상한 농구대가 완성되었다.

책자를 보고 농구를 지도하니 발전이 있을 리가 만무하다. 인근에 전국대회에서 우승한 팀이 있어 아이들을 데리고 견학하러 갔다. 보는 것이 배우는 것이다. 그 학교 선수들의 훈련 모습을 보더니, 아이들의 눈이 커졌다. 그해 선수들은 머리카락을 모두 밀고 세 팀이 참가한 군 대회에서 준우승하였다.

새로 부임하는 학교마다 나이 젊은 총각 선생에게 주어진 사무는 운동 지도였다. 육상은 기본이고 탁구, 배드민턴, 테니스 등을 지도하였다. 실내경기를 하는 배드민턴인데 야외에서 연습하였으니 경기를 할 때 공을 제대로 치지 못함은 당연하지 않은가. 학교를 옮길 때마다 어떤 운동 지도를 하게 될까 걱정이 앞섰던 시절이 있었다. 덕분에 만능 스포츠맨이 되어가고 있었다.

모든 교과를 지도해야 하는 초등학교 선생은 만능이어야 한다고 한다. 교직 생활에서 가장 어렵고 힘든 것은 운동을 지도하는 것이었다. 수준 미달의 운동 지도를 받은 아이들이 운동으로 성공했다는 이야기를 들은 바는 없다. 다만 그들의 건강 생활에는 도움을 주었을 것이라는 기대감을 위안으로 삼는다. 소수이기는 하지만 학교에서 엘리트 체육으로 운동을 배운 아이들이 대한민국을 스포츠 강국으로 만든 데 대해선 이견이 없을 것이다.

2018년 겨울

자전거 예찬

자전거를 타는 모임에 들어갔다. 죽마고우는 오래전부터 함께 자전거를 타자고 제안했었다. 건강을 위해서는 최고의 운동이라고 동참을 권고했다. 그때마다 핑계를 대며 화답하지 못하였는데 세월은 흘러 여러 해가 지나갔다. 나이 탓인가 체력이 크게 떨어짐을 알게 되는 시점에 자전거를 타기로 마음먹었다.

퇴직 기념으로 처남이 선물한 자전거를 몇 번 타다가 중단했다. 녹슨 자전거는 비좁은 복도에서 먼지를 뽀얗게 뒤집어쓰고 있었다. 자전거에 매달렸던 물통이 없어지고 손전등도 사라졌다. 타는 주인이 없으니 누군가 필요한 사람이 가져갔으리라. 바람 빠진 타이어는 아예 삭아서 입을 벌리고 있었다. 자전거 포에서 새 타이어로 갈아 끼우고 기름칠을 했다. 그동안 홀대받았던 자전거가 새롭게 모습을 드러냈다. 사람도 심신을 단련하지 않으면 녹슬고 망가진다고 생각하며 자전거에 몸을 실었

다. 따뜻한 봄바람이 얼굴을 스치니 기분이 상쾌하다.

　동호회에서 자전거를 타는 첫날이다. 반갑게 인사를 나누고 정한 목적지를 향해 페달을 밟았다. 오가며 자전거를 타는 사람들이 빠른 속도로 지나쳐간다. 마음은 청춘인데 다리의 노화는 얼마 못 가서 힘들어 죽겠다는 신호를 보내온다. 그래도 속력을 내어 달려야 한다. 앞서가는 일행들에게 뒤처지지 않으려면 힘을 내야 한다. 정신을 자전거에 집중하니 온갖 잡념이 사라졌다. 중간 쉼터에서 휴식을 취했는데 그때의 행복한 기분은 한마디로 표현하기 어렵다.

　자전거의 발명 시기는 200년 안팎으로 본다. 누가 자전거를 발명했는가에 대해서는 의견이 분분하지만, 당시에는 인류가 만들어낸 최고의 발명품이었을 것이다. 두 발로 보행하는 인간에게 빠른 이동의 속도를 선물했다. 세계적으로 자전거를 이용하는 인구는 빠르게 증가를 거듭했다. 거리를 달리는 자전거들을 보면 기본 틀은 같지만, 성능 면에서는 천차만별이다. 어떤 자전거는 특별하게 제작되어 구매가격이 자동차보다 훨씬 비싸다는 말을 들었다. 내가 타는 자전거는 다소 성능이 떨어지지만 괘념치 않는다. 타는 데 의미를 두어야 함이 좋으리라 생각하기 때문이다.

사람들이 자전거를 타는 이유는 다양하다. 어린이들이 타는 자전거는 목적지 없이 달리는 장난감 수준으로 보아야 할 것이다. 그러나 성인의 경우를 보면, 처음에는 단지 신속한 이동 수단으로 사랑을 받았지만, 세월이 흐르며 여러 가지 용도로 활용되고 있다. 출퇴근용, 취미, 스포츠, 건강 등으로 이용된다. 아마도 그중에서 현대인들에게 가장 으뜸이 되는 용도는 단연 건강을 위함일 것이다. 나이가 들면서 서서히 건강에 이상 징후가 나타나기 시작한다. 기력은 떨어지고 몸의 여러 기관이 이상 신호를 보내오는 것은 자연적인 현상이지만 사람들은 걱정한다. 나에게 남은 인생의 날들을 헤아려보았다. 힘이 넘쳐나던 젊은 날을 떠올리다 건강생활을 위해 자전거를 타기로 마음먹은 것이다. 오랜 기간 타지는 않았지만, 자전거를 탄 덕분에 고장 났던 발목이 깨끗하게 치료되었음에 감사한다.

쉼터에서 자전거를 타는 두 노인을 만나 대화를 나누었다.

한 분은 연세가 86세인데 가락동 시장에서 소주 상자 다섯 짝을 싣고 다니며 일을 하였다고 지난날을 회고했다. 단 한 번도 사고를 내지 않았다며 자전거 타는 실력을 은근히 자랑했다.

또 한 분은 93세의 노인이다. 이곳 춘천에서 자전거를 타는 사람으로는 나이가 가장 많을 것 같았다. 수십 년째 눈이나 비가 와도 쉬지 않고 매일 자전거를 탄다는 말씀이다. 이렇게 건강을 유지하는 것은 오직 자전거 타기 덕분이라고 하였다. 친구들이 하나둘 세상을 떠나니 자전거가 유일한 벗이란다.

두 분 모두는 허리가 굽지 않았고, 혈색도 좋아 보였다. 자전거를 벗하여 건강하게 늙어 감을 보았다. 나도 두 노인의 나이가 되도록 자전거를 탈 수 있을까? 존경스러운 마음으로 흔들림 없이 자전거를 타고 가는 뒷모습을 바라보았다.

자전거를 타며 인생살이를 생각했다. 자전거는 힘을 내어 페달을 밟아야 둥근 바퀴가 앞으로 굴러간다. 오직 자신의 힘으로 균형을 유지하며 전진해야 한다. 운동력이 사라지면 멈추게 되고 급기야는 쓰러진다. 자전거는 자동차처럼 후진할 수 없다. 누구라도 과거로 되돌아갈 수 없는 것이 인생사다. 균형을 잃지 않고 물 흐르듯이 앞으로만 달린다. 전진하려면 에너지가 필수적이다. 에너지가 축적되면 활력이 생기고, 의욕이 살아나며 희망도 싹튼다. 새로움에 도전하게 되고 어떤 어려움도 이

겨낼 수 있는 자신감도 생긴다. 그러나 에너지의 고갈은 무기력에 빠지게 하고 결국에는 생명력을 잃게 한다. 사람들이 자전거를 타는 궁극적인 목적은 삶에 대한 추진력을 얻기 위함일 것이다.

세상에서 가장 아름다운 도형은 원이라고 한다. 원은 모나지 않은 우주를 닮았다. 나는 오늘도 우주의 중심에서 두 개의 둥근 원을 굴린다. 균형을 잘 잡고 세상 구경을 떠난다. 떠나야만 미지의 것들을 새롭게 만날 수 있다. 마음껏 자유를 누리며 눈앞에 펼쳐지는 아름다운 세상을 만나야겠다.

2021년 여름

🌳 운동회 유감

시골 학교는 가을이 되면 운동회 준비로 바빠진다. 단 하루만의 축제를 위해 근 한 달을 준비해야 했다. 남자들은 꾸미기체조와 곤봉체조를 했고, 여자들은 주로 매스게임과 무용 연습을 했다. 매일 오후에는 수업을 전폐하고 운동장으로 나갔다. 반복하는 연습에 선생이나 아이들이나 지루하고 지치기는 마찬가지였다. 크게 울려대는 확성기 소리에 시끄럽다는 민원이 들어오기도 했다.

운동회 종목의 하나인 꾸미기체조를 지도하고 있었다.
"○○학교는 탑 쌓기를 하는데 4층까지 올립디다."
이웃 학교의 운동회를 보고 오던 교장 선생님의 말씀이다. 그 말 속에는 우리도 4층까지 쌓았으면 좋겠다는 뜻이 포함되어 있었다. 어른들이 전문적으로 하는 기예단도 아닌데 4층은 아이들에겐 엄청난 무리라고 생각했다.

3층을 올렸는데 균형이 깨지면서 맨 위쪽에 올라가 있던 아이가 매트 위로 떨어졌다. 운동 지도를 하는 총각 선생을 보기 위해 나온 마을 처녀들의 웃음소리에 그곳을 바라보다 중심을 잃은 것이다. 다행히 큰 부상은 아니었지만, 걱정되었다. 놀란 가슴을 안고 교무실로 데려갔다. 약품 장을 열었는데 그곳에는 소화제와 찰과상과 타박상에 바르는 약이 있을 뿐이다. 눈을 감긴 후 소화제 몇 알을 먹이며 떨어졌을 때는 최고의 약이라며 거짓을 보태 이야기했다. 잠시 안정을 취하니 괜찮다고 하여 안심이 되었다. 안전을 고려하여 아예 2층으로 내려버렸다. 아이들이 좋아하던 모습과 교장 선생님의 못마땅해하시던 모습이 떠오른다.

행사를 치르다 보면 여러 웃음거리도 있기 마련이다. 운동복은 검은색 반바지에다 흰 티로 맞췄고, 머리에는 청군과 백군을 알리는 모자를 썼다. 한 여자아이가 운동 연습에서 자기를 빼달라고 하였다. 연유를 물으니 몸에 맞는 옷이 없다는 것이다. 늦게 입학하였으니 다른 아이들과 비교하면 몸이 숙녀만큼 자랐기에 이해가 되었다. 다친 아이들에게 약을 발라주는 역할을 맡겼다.

요즘은 운동회라 부르지 않고 체육대회란 명칭을 사용한다. 학생들이 하는 일이 많으니 몇 번의 연습을 끝으로 체육대회 당일에 즐겁게 참여하면 된다. 조금 틀리거나 실수를 하면 어떤가. 건강을 위한 체육대회로 끝나면 만족이다.

예전의 학교 운동회 날에는 온 마을 사람들이 축제장을 이뤄 하루를 즐겼다. 세상이 바뀌었으니 다시는 되돌아갈 수 없는 운동회날 모습이다. 매일같이 연습했지만, 학부모와 아이들은 별다른 불평을 보이지 않았다. 다만 너무 오랫동안 연습을 한 것이 유감이었다. 운동회 날 참여했던 모든 사람에게 좋은 추억으로 남길 바랄 뿐이다.

2017년 겨울

놀자, 젊어서 놀자

TV를 보고 있는데 이해 못 할 장면이 나오고 있었다. 핸드폰에 빠져있는 한 유아가 엄마와 실랑이를 벌이는 장면이다. 핸드폰을 잡으면 전원이 꺼질 때까지 손에서 놓지 않는다고 한다. 아이 엄마가 간식을 먹이기 위해 잠시 빼앗았는데 계속 울며 핸드폰을 달라고 떼를 쓰고 있다.

부모와 함께 있는 아이들을 보면 대개는 손에 핸드폰이 들려 있다. 걷지 못하는 유아들까지 핸드폰을 애용한다. 가족들이 식당에서 외식하는 자리를 보노라면 아이들이 음식에는 관심이 없고, 오직 핸드폰에만 몰입하는 장면을 보게 된다. 나의 손주들도 똑같은 과정을 겪으며 자라왔음을 알고 있다.

요즘 아이들을 보면 측은하다 못해 불쌍하다는 생각이 든다. 아침에 잠에서 깨어남과 동시에 기다리는 것은 빈틈없게 짜인 일과 때문이다. 학교에서 수업이 끝나면 방과 후 활동을 하고 학원으로 직행한다. 집에 도착하면 편히 쉬지 못하고 또다시 책상머리에 앉아야 한다. 내 아이 잘 키우려는 부모의 마음은 이해되나, 아이들에게는 커다란 고역이다.

자유분방하게 자라야 할 아이들은 신바람이 나게 뛰놀며 성장해야 한다. 그런데 놀 시간을 주지 않는다. 아이들이 쉴 시간에는 기껏 한다는 것이 핸드폰에 들어있는 게임을 즐길 뿐이다. 결국에는 스트레스가 쌓여 정신적 장애가 오고, 놀지 못하니 몸에 이상이 온다. 부모가 주는 것은 약 주고 병 주는 격이다.

내가 어렸을 때는 노는 게 일이었다. 학교에서 쉬는 시간이면 놀기 위해 교실 문을 빠르게 나섰다. 계절 따라 그날의 기분 따라 운동장에서 신나게 뛰어놀았다. 나와 친구들은 구슬치기, 비석치기, 자치기, 제기차기, 딱지치기, 굴렁쇠 굴리기 등을 하였다. 여자들은 주로 고무줄넘기와 사방치기, 땅따먹기, 공기놀이, 숨바꼭질 놀이를 많이 했다.

구슬치기의 명수였던 나는 호주머니가 넘치도록 구슬을 따기도 했다. 축구공이 없으니 짚으로 만든 새끼줄을 둥글게 말거나, 돼지 오줌통에 바람을 넣어 찼다. 정월 대보름날 망우리 돌리기를 하다 잘못 던져 볏짚 가리에 불이 붙어 야단을 맞기도 하였다. 1950년을 전후해 시골에서 자란 사람들은 이 놀이들이 추억 속에 남아 있을 것이다.

집에 오면 또다시 친구들과 어울려 들로 산으로 쏘다녔다. 한국전쟁 직후의 영향 탓인지는 모르겠으나 총싸움을 자주 했다. 여름에는 수영하며 물수제비 뜨기 놀이도 하였고, 도랑에선 쳇바퀴를 이용해 고기도 잡았다. 겨울에는 눈싸움은 기본이고 얼음 썰매 타기, 팽이치기, 연날리기 등을 하였다. 날이 어둑해지면 그제야 집으로 들어갔다. 매일같이 놀아도 당시의 부모들은 크게 꾸지람을 주지 않았다. 아이들은 놀면서 큰다는 생각이 지배적이었기 때문일 것이다. 추위에 손등이 터지면서도 열심히 잘 논 탓일까 영양 부족으로 코를 질질 흘리던 아이들은 감기 한 번 안 걸리고 잘도 자랐다.

옛날부터 백성들 사이에서 전해져 내려오는 '민속놀이'에는 우리 조상들의 지혜가 담겨있다. 설날에는 윷놀이와 널뛰기를 했고, 정월 대보름날에는 논밭의 두렁에 불을 놓아 태우는 쥐불놀이를 했다. 농악 소리에 맞추어 신명 나게 춤을 추었고, 편을 나누어 줄다리기도 하였다. 음력 정월 초하루에서부터 보름까지는 연을 날렸는데 연싸움을 벌이기도 했다. 단옷날이면 남자들은 씨름을 하였고, 여자들은 그네를 뛰었다. 팔월 한가위 달 밝은 밤에는 부녀자들이 모여 손을 잡고 원을 그리며 강강술래를 하였다.

이 모든 놀이는 농사가 잘되기를 바라는 마음으로 즐기던 놀이다. 농부들은 계절의 변화를 나눈 24절기에 맞추어 농사일을 했는데 힘든 일을 쉽게 하고, 피로를 풀기 위해 놀이를 하였다. 곡식을 거둔 다음에는 조상께 감사드리기 위해 술과 떡을 만들어 제를 올리고, 서로 음식을 나누며 신바람이 나게 놀았다. 일과 놀이를 함께하여 능률을 높였던 것이다.

"놀자, 젊어서 놀자."

친구가 놀러 가자며 한 말이다. 한 살이라도 젊어서 놀아야지 늙으면 놀고 싶어도 못 논다고 부언했다. 맞는 말임을 알겠는데 지금은 어떻게 놀아야 잘 노는 것인지 모르겠다. 삶의 여정에서 바쁘게만 살아왔으니 노는 자체가 서툴다. 젊어서는 놀자거나 놀러 가자는 이야기를 가끔 들었는데 지금은 가뭄에 콩

나듯 한다. 더 나이를 먹으면 놀자는 단어 자체를 잊게 될 것이다. 모임의 자리에서 놀자며 많이 불렀던 노래가 하나 있다. '노세 노세 젊어서 놀아 늙어지면은 못 노나니 화무는 십일홍이요 달도 차면 기우나니라…….' 이 노래는 나이 들어가는 사람들에게 보내는 메시지다.

 잘 놀아야 심신이 건강해진다는 것은 알겠는데, 무엇을 하며 놀아야 할지 몰라 잘 노는 사람들을 떠올려보았다. 사람들은 운동으로 탁구, 당구, 배드민턴, 테니스, 골프, 자전거 타기, 등산, 헬스, 걷기, 달리기, 고스톱 치기, 바둑 두기 등을 하고 있다. 내 처지에서 보면 걷기 말고는 모두 부담이 가는 운동들이다. 욕심이 앞서 무리하게 운동하여 무릎과 발목 등을 다쳐 고생하는 사람들을 보았다. 나는 놀이 삼아 선택한 운동을 당구, 자전거 타기, 걷기로 정하였다. 단, 놀면서 운동을 하자는 단서를 붙였다.

 골목에서 왁자지껄하며 놀던 아이들이 사라진 지 오래되었다. 아이들에게 놀이는 권리다. 그러므로 부모와 사회는 그들이 권리를 행사할 수 있도록 환경을 만들어 주어야 한다. 당연히 누려야 할 권리를 빼앗는 것은 죄인이 되는 지름길이다. 아이들은 놀면서 자연을 배우고, 더불어 살아가는 공동체 안에서 규칙과 절제와 배려를 배운다. 나는 손주들이 찾아오면 하는 말이 하나 있다.

"공부하지 말고 놀아라!"

세월이 지나면 스스로 알게 될 것이다. 잘 노는 사람이 건강하고 행복하게 살아간다는 사실을. 그러니 이제는 아이도 놀고 어른도 놀자. 아파트단지 공터에서 한 가족이 배드민턴을 치며 즐겁게 놀고 있다. 그 모습이 보기 좋아 한동안 바라보았다.

2021년 여름

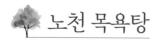

노천 목욕탕

용의 검사가 있는 날이면 아이들은 걱정이 태산이다. 목이나 무릎에 침을 발라 때를 벗기느라 분주하다. 손으로 얼마나 문댔으면 피부는 붉은빛으로 물들어 있었다. 시골에는 목욕탕이 없으니 추운 겨울에 때를 민다는 것은 쉽지 않다. 한 아이에게 얼굴을 닦을 때는 목도 함께 닦으라고 했다.

"쟤는 모가지를 절대로 안 닦아요."

이야기를 듣던 한 아이가 목소리를 높여 말했다.

드디어 몸에 붙어있던 찌든 때를 벗기는 날이 왔다. 체육 시간에 아이들을 데리고 개울로 나갔다. 후텁지근한 날씨인 데다 비가 내려 물이 많이 불어있었다. 수영만 하지 말고 몸을 깨끗이 씻자고 하였다. 문제는 남녀가 유별하니 장소를 달리 선택해야 한다. 서로 개울의 위쪽에서 목욕하겠다고 입씨름을 한다. 결국은 남자들이 신사도의 정신을 발휘하여 아래쪽을 택했다. 다음에는 남자들이 위에서 목욕하겠다는 단서를 달았다.

　내가 어린 시절을 보낸 마을에는 흐르는 물이 없었다. 장마철에 잠시 흐르던 물은 모두 땅속으로 스며들었다. 다만 논에 물을 대기 위해 넓고 깊게 파놓은 웅덩이가 하나 있었다. 우리는 그곳을 '보통'이라고 불렀다. 깨끗한 물이 솟아나 한길이 넘었는데 밑바닥까지 훤히 들여다보였다. 그 시절에 팬티를 입은 아이들은 거의 없었다. 벌거숭이가 되어 몸을 닦았고, 자맥질하며 시간 가는 줄 모르며 놀았다. 여자아이들은 언덕에서 남자들의 행동을 훔쳐보았다. 그녀들 중에는 무엇을 보았는지 다 보았다며 놀려대는 이도 있었다. 밤이 되면 마을 부인네들의 차지가 되었다. 추억의 노천 목욕탕이 있던 자리에는 웅덩이를 메우고 논을 만들었다. 양수기로 물을 끌어 올려 농사를 짓는다.

　지금은 시골집에도 목욕탕이 만들어져 있다. 따라서 수시로 목욕하니 모든 아이의 몸이 깨끗해져 용의 검사도 사라졌다. 용의 검사를 받기 위해 애쓰던 아이들은 어느덧 중년의 나이가 되었다. 동창들이 모이면 노천 목욕탕의 추억을 이야기하며 웃을지도 모른다.

2017년 봄

제5부

만남의
기쁨

🌲 빛나는 이름을 위하여

비가 줄기차게 내리는 오후다. 시골 학교의 운동장이 시끌벅적하다. 학기말시험을 끝낸 중학생들이 축구 경기를 하고 있었다. 그들을 부르니 온몸이 흙탕물로 엉망이 된 한 학생이 달려왔다. 내가 이름을 묻자 그는 진창이라고 대답했다. '진창으로 변한 운동장을 빗대서 하는 대답인가?' 알고 보니 그의 이름은 진창이 맞았다. 내가 담임하는 정진우의 형이다. 돌림자인 진자에 창자를 넣어 이름을 지은 것이다. 친구들이 부르는 별명이 있느냐고 묻자 '엉망진창'이라고 하였다. 웃음을 보이더니 빗속으로 달려 나갔다.

손자의 이름을 지어달라는 연락을 받았다. 아들에게 손수 지어보라고 하니 이름에 들어갔으면 좋겠다는 글자를 몇 개 보내왔다. 성명학에 문외한인 내가 평생을 불려야 할 이름을 어떻게 짓는단 말인가. 작명소를 찾아 부탁할까 아니면 내가 연구하여 지을 것인가를 놓고 고민에 빠졌다. 돌림자를 넣었으면 좋겠다는 생각도 해보았지만 마땅치가 않았다. 나름대로 이름을 지어 보냈으나 잘못 지었으면 어쩌나 하는 마음으로 며칠을 보냈다. 이름을 풀이하는 분에게 보였더니 괜찮은 이름이라며 잘 지었다고 한다. 그제야 마음이 놓였다. 그 후 손녀의 이름도 예쁘게 지어 보낼 수 있었다.

동생은 딸이 둘 있는데 이름을 정다우리, 정겨우리로 지었다. 성에다 한글이 보태져 예쁜 이름이 만들어졌다. 잘 지었다고 말하며 이름을 불러주었는데 초등학교에 입학하고 나서 문제가 생겼다. 친구들이 다울다울, 겨울겨울이라며 놀린다는 것

이다. 어린 마음에 상처받게 되니 결국은 둘 다 개명해 주었다.

교직 동료였던 한 분은 성함이 전두배였다. 그분은 자기를 소개할 때 "저는 항상 두 배입니다."라며 말문을 열었다. 어떤 일로 인하여 이름을 풀이해 보니 좋은 이름이 못 된다 하여 결국은 개명하였다는 소식을 들었다.

친구는 손자의 이름을 '시우'라고 지었다며 자랑을 했다. 학교에 입학하면 놀림의 대상이 될 수도 있을 것 같다는 생각이 들었다. 시우라는 이름은 좋은데 성이 허 씨이기 때문이다.

"허시우, 뭘 허시우."

놀림의 대상이 되어 개명하지 않기를 바랄 뿐이다.

중학교 입학원서를 쓰게 되어 보호자의 이름을 물었다. 여학생의 대답은 간단했다.

"최씨인데요."

아버지가 안 계시니 보호자는 어머니였다. 어머니 성이 최 씨라는 것은 알겠는데 이름을 확실히 알아 오라고 했다. 못 믿겠다는 나를 이해시키기 위해 주민등록증을 가져왔다. 거기에는 최씨라고 정확히 쓰여 있었다. 성이 최 씨이고 이름은 씨다. 어찌하여 얻게 된 이름인지는 몰라도 그분은 평생 다른 사람들이 이름 불러줄 일은 없겠다고 생각하였다.

마을 이름이 하수동, 월경리, 백수읍, 오류동, 망치리, 구석리, 사기마을 등 특이한 곳들은 개명하였거나 개명을 준비하고 있다고 한다. 김치국, 노숙자, 배신자, 고시원 등 어감이 이상한 이름 또한 뭇사람들의 입길을 벗어나지 못한다. 이름에 급이 있는 것은 아닐진대 가볍게 느껴지는 이름이 있고, 무겁게 느껴지는 이름도 있다. 아름답고 사랑스러운 이름이 있는가 하면 어딘가 천하고 부족한 듯한 이름도 있다.

세상에 존재하는 삼라만상은 모두 고유한 이름을 가지고 있다. 사람의 경우 평생을 불려야 할 이름이니 잘 짓고 볼 일이다. 주위에는 이름으로 인해 어려움을 겪다가 개명하는 사람들을 종종 볼 수 있다. 이름은 잘 지어야 이름값을 하게 되고, 주변 사람들에게 놀림의 대상이 되지 않는다. 이름이 운명을 결정짓는다고 믿는 사람도 있다. 흉한 이름은 자신의 운명을 다 발휘하지 못한다는 속설을 믿기도 한다. 맞는 말 같기도 하고 틀린 말 같기도 한 것은 이름에 대한 폭넓은 이해와 지식이 부족한 탓이다.

성명학을 연구하는 사람들은 좋은 이름을 지으려면 수리와 음양과 오행을 따지며 지어야 한다고 말한다. 성씨에 따라 길한 이름자의 획수를 선택한 후 음양의 조화를 살피고 오행의 길흉을 배합하여 이름을 지어야 한다는 것이다. 또한 이름을 잘 지으면 불완전한 사주를 보충하는 역할을 한다고 말한다. 보통 사람은 전혀 이해하지 못하기에 좋은 이름을 지으려면 성명학을 배워야 할 일이다.

우리말은 75% 정도가 단어의 어원이 한자이다. 대부분 한자를 가지고 이름을 짓는다. 그런데 이름에 쓰이는 한자는 한정되어 있기에 동명이인이 많다. 요즘 한글세대는 순수한 우리말을 가지고 이름을 짓는데 좋은 의미의 말을 찾다 보니 같은 이름이 많아지게 되었다. 한자와 한글 어느 것으로 짓든 이름에는 좋은 의미와 뜻이 담겨있고, 부르기 좋아야 한다. 좋은 이름을 사용하는 사람은 자신의 이름에 자긍심을 가지기 때문에 행복한 생활을 하게 될 것이다. 이름을 잘 지어야 장수하고 부귀공명 한다고 믿기에 작명소는 불황을 모른다.

내가 해야 할 일이 하나 있음을 알았다. 열심히 생활하고 있는 아이들의 빛나는 이름에 아호를 지어주는 일이다. 흉명을 고치지 않더라도 아호를 작명하여 끈기 있게 사용하면 악운은 점점 사라지고 마침내는 길운으로 변하게 된다는 말이 있으니 하는 말이다. 좋은 이름에 아호까지 더해지면 금상첨화가 아닌가. 이 또한 지나친 욕심일까?

2019년 봄

🌲 명함 만들기

임지에 도착하니 교감 선생님이 승진을 축하한다며 명함을 건네주었다. 살아오며 명함은 남들의 소지품으로만 알고 있었다. 내 생전에 명함 만들 일은 없으리라 생각했는데 이름 석 자에 소속과 직위가 들어있는 명함을 받고 보니 몹시 어색하다. 한편으론 앞으로 이 명함을 만나는 사람들에게 잘 나누어주라는 명령처럼 느껴졌다.

명함은 한마디로 자신을 타인에게 소개하는 카드다. 생활하며 여러 사람에게 명함을 받았다. 자신을 잘 나타내기 위해 심혈을 기울여 만들었을 명함을 유심히 바라본다. 명함에 적힌 대단한 직위와 이력을 보노라면 왠지 모르게 마음이 부담스러워진다. 처음 만난 사람에게서 명함을 받았으니 나도 그 사람에게 나를 소개하는 무언가를 주어야 하는데 명함이 없다. 혹자가 없는 명함을 달라고 할 땐 정말로 당황스럽다. 명함을 주지 못하니 내가 작아지는 것 같고, 명함도 없는 인간이라며 과소평가를 할지도 모른다는 생각이 들기도 하였다.

어느 날 교직에 함께 근무하는 선생님 한 분을 만났다. 화제로 명함에 관한 이야기를 하게 되었는데 본인의 명함이라며 보여주었다. '〇〇〇〇년부터 초등학교 선생님' 명함에 적힌 내용이 참으로 간결하다. 이 명함으로 평생을 사용할 수 있다고 소신을 밝힌다. 자신을 돋보이게 하려는 의도가 전혀 없는 소박한 명함을 보며 잔잔한 감동을 맛보았다. 나도 따라서 흉내를 내보았다. 퇴직하여 특별히 하는 일이 없으니 이제는 명함을 받을 일도 누군가에게 줄 일도 없다. 그러나 선거철이 오면 억지로라도 입후보자가 주는 명함을 받을 날이 또 오리라.

과학 문명의 놀라운 발전으로 세상은 몰라보게 변화를 거듭하고 있다. 이에 명함도 디자인과 인쇄 기술의 발달로 다양하게 제작되고 있다. 세상에서 가장 멋진 명함을 찾는 콘테스트가 있다면 무엇이 1등을 차지하게 될까? 이제 몇 장 남지 않은 명함을 바라보며 추억에 젖을 뿐이다. '〇〇〇〇년부터 초등학교 선생님'

2017년 겨울

🌲 뺄셈 연습

  책으로 가득한 책장을 보는 순간 가슴이 답답해졌다. 서가에 꽂히지 못한 책과 서류들이 뽀얀 먼지를 뒤집어쓰고 베란다에 어지럽게 쌓여있었다. 버려야만 가벼운 마음으로 새 생활을 할 수 있을 것 같다는 생각에 도달했다. '무엇부터 버릴까?'에 대한 고민은 오래가지 않았다. 전공 서적들은 필요로 하는 선생님들에게 드리면 되겠고, 꼭 필요한 책만 남기고 고물상에 넘기면 된다. 손때 묻은 책과 서류들을 정리하다보니, 40년 넘는 교직 생활이 흑백과 천연색으로 혼재되어 뇌리를 스치고 지나갔다. 그곳에는 보람과 행복함이 있었고, 잊지 못할 가슴 아픈 슬픔도 있었다.

  서가에 꽂혀있던 책을 빼내니 빈자리가 보였다. 저 빈자리에는 앞으로 또 다른 무엇이 채워질 것이다. 약간의 섭섭함과 아쉬움이 있었지만, 마음 한편에는 답답함이 뻥 뚫리는 시원스러움도 있었다. 한때는 나에게 소중했던 것들도 활용 가치가 떨

어지면 버려지게 마련인가 보다. 나는 범인凡人으로 살아왔음을
잘 알고 있다. 매일 더하는 생활을 위해 욕심을 부렸고, 버리는
생활은 소홀히 하였음을 부인하지 않는다.

'한 문장의 가르침'에 대한 이야기가 있다.

옛날 어느 나라의 왕이 있었다. 그 왕은 책을 많이 읽고, 공
부도 많이 했다. 그 왕은 백성들에게 자신이 공부한 것과 같은
가르침을 주고 싶었다. 하지만, 백성들은 일하느라 바빠서 제
대로 공부할 시간이 없다는 것을 왕은 잘 알고 있었다. 왕은 자
신에게 공부를 가르쳐 주는 학자들에게 명령을 내렸다.

"세상의 모든 지식을 총망라하여 12권의 책을 만들어라."

왕은 백성들이 공부할 시간을 줄일 수 있도록, 핵심적인 지
식을 전달하고 싶었다. 학자들은 많은 연구를 했고, 12권의 책
을 만들었다. 왕은 매우 기뻤으나, 12권이나 되는 책을 보자,
책이 너무 많게 느껴졌다. 왕은 다시 명령했다.

"12권의 책을 더 간단히 줄여서 1권의 책으로 만들어라."

왕의 명령에 학자들은 다시 연구를 시작하여, 1권의 책을 만
들었다. 왕은 매우 기뻤지만, 백성들 모두에게 책을 나눠준다
는 것에 부담을 느껴 다시 명령했다.

"책의 지식을 한 줄로 줄여오라."

학자들은 매우 힘든 작업을 거쳐서 세상의 지식을 한 문장으
로 줄였다.

"세상에 공짜는 없다No free lunch."

이 이야기는 중국의 고전인 장자에 나온다. 12권의 핵심적인 지식을 담은 책을 만드는 것은 결코 쉬운 일이 아니다. 더욱이 12권의 책을 한 문장으로 줄인다는 것은 인고의 노력이 있어야 한다. 한 권의 책으로, 한 문장으로 만들기에 땀을 흘리는 학자들의 모습이 보이는 듯하다. 한 문장으로 만들려면 방대한 12권의 지식을 모두 빼버려야 함축된 한 문장을 만들 수 있다. 모두를 버리고 나서야 한 문장을 얻을 수 있었다.

나 역시 세상을 살아오며 많은 것을 가지려 노력했다. 나뿐만이 아니라 내 주위의 많은 사람이 사회적 지위 향상을 위해 각고의 노력을 하는 것을 보았다. 더 많은 것을 가지려고 주식투자를 하여 평생 모은 재산을 잃어버리거나, 노름으로 재산을 탕진하는 사례들도 보았다. 사람들은 삶의 과정에서 부와 명예, 사랑, 건강 등의 욕구 만족을 위해 동분서주한다. 이토록 많은 욕구가 쌓이면 반드시 찾아오는 것이 있다. 물론 긍정적인 면도 있겠으나, 부정적인 요인으로는 심한 스트레스와 피로의 누적으로 몸이 병들게 된다. 이 때문에 때론 좌절하고, 인간적인 고뇌에 허덕이게 되며 급기야는 병원 신세를 지기도 한다.

이제 새로운 시선으로 내일을 보아야겠다. 세상의 모든 생물은 생명이 유한하다. 태어나서 죽음에 이르는 '시간'을 인생 계좌라고 한다. 우리는 인생 계좌에 잔액이 얼마나 남았는지 알지 못하면서 매일 빼내어 소비하고 있다. 잔액을 보다 유익하고 보람 있게 쓰기 위한 노력은 뺄셈 연습에서 시작해야겠다.

사회생활을 하며 나는 무엇을 얻었고, 무엇을 버렸는가? 지금도 나의 몸에는 불필요한 잡동사니들이 쌓여있음을 알고 있다. 내가 행복해지기를 원한다면 우선 버리는 생활을 해야겠다. 그런데 이 버리는 생활은 쉽지 않다. 분명히 버렸는데 때로는 나도 모르게 되돌아와 주인처럼 자리를 지키고 있다. 따라서 버려야 하는 물질과 마음은 확실하게 버려야 한다. 등산을 하는 사람이 쉽게 산을 오르려면 배낭의 짐이 가벼워야 한다. 행복한 삶을 위해서는 심신이 가벼워야 한다.

뺄셈 연습! 이제부터 내가 실천해야 할 과제다.

2015년 가을

🌲 핸드폰 사랑

　퇴직하고 홀로 배낭여행을 떠났다. 경북 영주시에 소재한 부석사로 향했다. 사찰을 둘러보고 떠나기 위해 정류장에서 버스를 기다렸다. 의자에 나란히 앉은 한 가족이 눈에 들어왔다. 젊은 부모와 딸처럼 보이는 여자아이의 손에는 모두 핸드폰이 들려있었다. 내가 인기척을 내었건만 그들은 미동도 없이 핸드폰을 보고 있다. 버스는 출발하는데 아직도 그 자리에서 핸드폰 삼매경에 빠져있었다. 그 당시에 구식 핸드폰을 사용했던 나는 그들의 행동이 이해되지 않았다.

　정보 통신 기술의 발달은 사람들의 생활 방식을 바꾸어 놓았다. 단적인 예로 현대인들은 핸드폰이라는 기기에 너무도 집착한다. 언제부턴가 핸드폰은 생활필수품이 되어 사용 빈도가 가장 높은 위치를 차지하고 있다. 이 때문에 핸드폰을 소지하지 않으면 몹시 불안하다고 말하는 사람도 있다. 남녀노소를 불문하고 많은 사람이 때와 장소를 가리지 않고 핸드폰에 몰입한다. 정보의 바다를 헤매며 많은 시간을 보내는 사람들은 서서히 중독되어 자신도 모르게 핸드폰의 노예가 되어간다. 부석사 정류장에서 만났던 세 사람이 이해된다.

구형 핸드폰을 버리고 신형 핸드폰으로 바꾸었다. 기기 사용이 서툰 나는 몇 가지 기능만 있으면 되는데 기능이 너무 다양하고 복잡하다. 나의 개인정보가 어디에서 유출되었는지는 몰라도 반갑지 않은 정보가 핸드폰으로 날아온다. 시도 때도 없이 보내오는 불필요한 동영상과 문자를 지울 때는 슬며시 화가 치밀어 오르기도 한다.

오늘은 크게 용기를 내어 핸드폰을 청소했다. 화면을 가득 채웠던 각종 앱을 제거했고, 동영상과 문자는 꼭 필요한 정보만 남기고 모조리 삭제했다. 앞으로도 이 일은 계속될 것이다. 잘 청소한 핸드폰을 보니 가슴이 후련하다. 새로운 세상을 만나 행복하게 살기 위해서는 핸드폰의 그늘에서 벗어나야 한다.

2017년 가을

🌲 만남의 기쁨

  꿈에 부푼 60년대 후반 나의 학창 시절은 여름이 뜨거웠고, 겨울은 몹시 추웠다고 기억된다. 두꺼운 신문 뭉치를 들고 골목길을 달렸다. 신문 대금이 밀려 졸라대는 나를 향한 잘 사시는 부인네의 가시 돋친 음성과 대문 닫는 소리는 아직도 귓전을 때린다.

  추운 겨울날에 손과 발이 동상에 걸려 고생하던 어느 날, 청계천 변 판잣집의 인자하신 아주머니와의 만남은 오래 기억될 순간이었다. 고생한다며 건네주신 따뜻한 우유 한 잔과 목장갑 한 켤레는 상실되어 가는 인간의 정을 매만져 주셨다. 나는 그 아주머니의 진실한 사랑과의 만남에서 기쁨을 얻게 되었고, 선생 좌우명으로 평범한 「만남의 기쁨」을 선택했다. 이때부터 인생 희로애락의 모든 만남은 기쁨으로 승화시켜야 한다는 신념을 가지게 되었다. 하기에 지금도 만남의 기쁨 속에 나라는 존재를 이끌고 위안 삼으며 사랑하고 있다.

만남이란 여러 형태가 있기 마련이다. 인간과의 만남, 자연과의 만남, 우주 삼라만상과의 만남이 그것이다. 책 속에 살아 숨 쉬고 생동하는 선인들과의 만남에서는 어느덧 수 세기를 살아가는 나를 발견한다. 따사로운 봄과의 만남에서 선택된 씨앗을 뿌리고, 여름에는 싱그러움을 가꾸며, 추수하고 다시 준비하는 농부의 굵은 손마디와의 만남에서는 농부의 행복을 발견할 수 있다. 조국을 지키려 병영에 모인 팔도 사나이들과의 만남에서는 조국과 민족을, 그리고 자유의 진정한 의미를 배울 수 있었다. 우리들의 눈 속에 하찮게 보이는 풀 한 포기, 곤충 하나와의 만남에서도 인간의 생활을 대변하는 호흡과 진리를 배운다. 오늘도 내 주위를 스치는 숱한 생들과의 만남은 어느 것 하나 소홀히 흘려보낼 수 없다. 나는 어느새 그들과 한 무리이며 동족임을 진하게 느낀다.

인생은 잉태의 순간에서부터 죽음에 이르기까지 모두 만남의 연속이다. 만남의 순간은 끝없이 삶을 잉태하며 출산한다. 만남이 없는 생이란 어두운 그늘이며 무無의 인생이다. 만남은 항상 새로운 출발을 알리는 신호탄이다. 만남은 희망이요, 도전이며, 생활의 활력소이고, 기쁨이다. 진실한 만남에는 생물과 무생물이 따로 없고, 행과 불행이 따로 없다. 오직 그곳에는 인생 역사를 창조하는 기쁨으로 승화된 순간이 있을 뿐이다.

점점 찌들어가는 심신의 기관들을 다시 기름치며 조이는 생활에 항상 감사함을 느낀다. 회전하는 계절 속에서 흘러간 날들에 대한 동경과 반성을, 다가올 날들에 대한 새로운 역사를 점쳐야 함에 기쁨이 있다.

어두운 골목길 모퉁이에서 추위에 떨고 있는 늙은 여인과의 만남, 생활 전선에서 생을 개척하는 헐벗은 소년과의 만남에서 조금 전에 날려버린 술값이 왜 그리도 아까워지는 것일까? 빈손으로 그들과의 만남을 외면하여 스칠 때 밑바닥까지 차내린 아픔을 참을 수 없었다. 이기심과 명예욕에 불타 몰염치한 사기행각을 행하는 위선자들과의 만남에서 나는 거울에 내 모습을 투영시켜 보게 된다. 나 또한 위선자가 아닌가?

얼마 전의 일이다. 밖에서 누가 부르는 소리에 방문을 열었다.
"선생님 안녕하셨어요."
누군가 언뜻 떠오르질 못했다. 이야길 듣고야 여러 해 전에 담임했던 제자임을 알았다. 새삼 세월의 흐름을 인식하며 두 손을 잡을 수 있었고, 만남을 기뻐했다. 지난날 졸업 선물로 작은 종이에 〈성실〉이라고 써준 두 글자를 깊이 간직하고 있단다. 생을 사는 데 있어 진실이 가장 좋을 것 같아 '사람이 생각하고, 말하며, 행동하는 데 거짓이 없는 것'이 성실이라고 이야기했었다. 이제 몰라보게 성장하여 가는 그들에게 무슨 말을 해주어야 할 것인가 망설여졌다. 인생의 길을 가며 수없이 만

나는 일들 속에서 자신과의 진정한 만남을 생각해 보자고 제의
했다. 얼마간 시간이 흐른 뒤 그의 편지를 받게 되었을 때 승화
된 만남의 기쁨을 이야기하고 있었다.

　장자가 말한 '인생이란 문틈을 스쳐 가는 재빠른 음광과도 같
은 것이다.'란 말이 되뇌어진다. 만나고 배워야 할 일은 태산인
데 언제 다 만난단 말인가? 서두른다고 해결되지 않으니 푸른
파도가 끝없이 일렁이는 저 넓은 바다와의 만남에서 넓어지는
마음을 마주하듯 매일 새로운 마음으로 세상을 만나자. 소중한
나 자신과의 만남 속엔 언제나 따뜻한 우유 한 잔이 기다리고
있다.

2016년 겨울

♣ 주례사 연구

매년 결혼 철이 되면 주말을 반납하고 예식장을 찾아다녀야 한다. 개인 생활은 반 토막이 나버린다. 혼주가 대절한 버스를 타고 타지로 가게 되는 상황이라면 꼬박 하루 일정이다. 부담스러운 것은 작은 인연이라도 있으면 배달되는 초청장이다. 따라서 참석할 것인가 말 것인가에 대해 망설이게 된다. 바쁜 일상에 할 일이 많을 때는 축의금을 접수시킨 다음에 서둘러 식사를 하고 식장을 빠져나왔다. 어느 날 걱정거리가 하나 생겼는데 그것은 바로 주례사였다.

전화벨이 울려 받아보니 여제자의 목소리가 들려왔다. 나에게 부탁을 할 것이 있어 전화를 했다는 것이다. 이야기의 핵심은 결혼하게 되었으니 주례를 서달라는 것이다. 교사였던 나는 주례를 선 경험도 없고 나이도 젊으니 주례를 설 처지가 못 된다고 말했다. 신랑 될 사람에게 주례 선생님을 모시라고 권했다.

며칠 뒤 또 전화가 왔다. 꼭 주례를 서달라는 것이다. 내가 핑계를 대어 계속 거절하니 제자는 계속 거절한다면 주례를 사서 결혼을 한다고 말했다. 이 말은 거의 협박이나 다름없지 않은가. 어쩔 수 없이 허락하였다.

평창에서 분교에 근무할 당시에 만난 제자는 혼자 숙식을 해결해야 하는 어려운 상황에 부닥쳐 있었다. 그때 작은 도움을 준 것을 잊지 않고 있다가 나를 떠올린 모양이다.

처음 서는 주례니 우선 걱정이 앞섰다. 그들에게 어떤 주례사가 가장 어울릴까? 인터넷상에서 떠도는 주례사를 찾아보았고, 주례를 섰던 분께 부탁하여 주례사 원고도 받았다. 일부러 결혼식장 찾아 주례사를 들어보는 수고도 감내해야 했다. 나의 결혼식에서 주례 선생님은 30분도 넘게 긴 주례사를 하셨기에 하객들은 몹시 지루해하였다. 녹음해 두었던 주례의 말씀도 다시 한번 되새겨 보았다.

드디어 결혼식 날이 밝았다. 두근거리는 마음을 진정시키고, 새로운 길을 걸어갈 두 사람에게 행복을 만드는 주인공이 되라고 짧막한 이야기를 전하며 첫 주례를 마쳤다. 결혼하는 당사자들은 긴장과 들뜬 마음이 교차하기에 주례의 이야기가 귀에 잘 들어오지 않는다. 예식이 끝나고 식장을 나오며 시간이 있을 때 읽어보라고 결혼한 부부에게 주례사를 전해주었다. 이 주례를 시작으로 원하지 않았던 주례를 인정에 못 이겨 여러 번 서야만 했다.

우리 조상님들은 예식으로 관혼상제를 중히 여겼다. 그중에서 혼례를 인륜지대사로 개인의 생애에 있어 가장 중요한 의식으로 꼽았다. 따라서 여러 예식절차를 거치고 나서야 성혼이 성립되었다.

결혼의 진정한 가치와 의미는 무엇인가? 라는 물음에 대한 답은 천차만별이다. 동서고금을 통하여 전해오는 속담과 선인들의 명언은 참으로 다채롭다. 재미있는 것은 긍정적인 면보다는 부정적인 면을 더 많이 이야기하고 있다는 사실이다. 철학적인 관점에서 접근하다 보면 결혼에 대한 정의는 더 어렵게 된다. 인종과 국가에 따라 풍습이 다르고, 개인마다 성장 과정이 다르며 성격 또한 다르기 때문이다. 이렇게 서로 다름이라는 환경에서 자란 젊은이들에게 가장 적합한 주례사는 무엇일까? 에 대해 고민하지 않을 수 없었다.

결혼식에서 흔하게 써왔던 주례사를 반복한다면 의미가 크게 퇴색된다. 요즘은 결혼 예식에 주례사가 없이 진행되기도 하지만 예전에는 결혼식에서 빠질 수 없는 것이 주례사였다. 감동을 주는 주례를 서기 위해 때론 밤잠을 설치며 주례사를 연구해야 했다.

부부의 연을 맺고 행복한 가정을 이루는 부부가 있는가 하면, 불행의 늪에서 헤어나지 못하고 이혼을 하는 사람들도 흔하게 볼 수 있다. 개인마다 결혼의 목적이 다를 것이고, 사랑의 기술에 있어서 그 차이를 어떻게 극복하는가에 따라 결혼생활이 행복과 불행으로 갈리게 된다. 어느덧 내가 결혼한 지도 언 40년이 지났다. 흘러간 긴 세월 속에는 희로애락의 삶이 고스란히 담겨있다. 결혼한 아들은 주어진 일을 열심히 하고, 며느리는 우리 부부에게 사랑스러운 손자와 손녀를 안겼다. 참으로 고마운 일이다. 아마도 이들 부부는 인생의 뒤안길에서 어려움을 잘 극복하고 행복을 만들 것이라고 기대한다.

초로의 당신은 진실로 행복한 결혼생활을 하고 있는가?라고 묻는다면 나는 과연 어떤 답을 할까. 솔직히 말해 후회 없이 행복한 삶을 살아가고 있다고 대답할 자신이 없다. 부족함이 너무도 많음을 잘 알고 있기에 한편으로 부끄럽다. 대부분 사람은 사랑하기 때문에 결혼한다고 말한다. 그런데 사랑이 깨지지 않고 오래 지속되기 위해서는 필요한 그 무엇이 있어야 한다.

오랜 세월 동안 사랑을 실천한 가슴 뭉클한 이야기 하나가 있다.

모처럼 극장을 찾아 다큐멘터리 영화 '님아, 그 강을 건너지

마오'를 보았다. 76년이라는 긴 세월을 해로한 노부부의 러브 스토리를 보며 깊은 감동을 받았다. 100세를 바라보는 노부부는 서로를 배려하고 사랑하며 동화 같은 삶을 살아간다. 물장난에 낙엽을 던지고 눈싸움하는 모습은 신혼의 젊은이들을 보는 것 같다. 한복을 곱게 차려입고 미소 지으며 손잡은 노부부의 모습은 때 묻지 않은 천사의 얼굴이다. 할머니는 할아버지와 이별하면서도 저세상에서의 새로운 만남을 준비한다. 이 영화의 노부부 이야기는 결혼하여 서로에게 잘못을 돌리고 탓하는 이기적인 사람들에게 진정한 사랑의 의미와 삶의 방향을 제시하는 메시지를 담고 있었다. 관람객들이 눈물을 흘리며 훌쩍이는 소리는 오래도록 긴 여운을 남긴다.

내가 주례를 서서 결혼한 젊은이들이 아직은 잘 살고 있다는 소식을 접함에 기쁨도 있다. 그들의 행복이 나의 주례사 덕분이라고는 생각하지 않는다. 행복한 결혼생활을 만드는 내가 모르는 그들만의 비결이 틀림없이 있을 것이다. 결혼한 사람들의 머릿속에는 각자의 생활철학이 담겨있는데 함께 의논하여 조화롭게 잘 쓰느냐가 행복의 관건이 된다. 주례사를 쓰며 얻어진 결과물들은 앞으로 나의 생활에 조금이나마 보탬이 될 것이다.

2017년 봄

한○○가 장가간대요

학교에 잘 다니던 남학생이 2학기가 되자 장기 결석을 하였
다. 아이들이 하는 이야기를 들어보니 결혼을 한다는 것이다.
'아니 초등학생이 무슨 결혼을 한담. 결혼 적령기도 아닌데 어
찌 된 일인가. 떠도는 소문이겠지.' 여러 의문이 꼬리를 물었
다. 학부모를 만나기 위해 가정방문을 하였다. 결혼을 시킨다
는 말은 헛소문이 아니었다. 신부는 한 마을에 사는데 학교를
다니지 않고 있었다. 학생의 아버지에게 초등학교만이라도 졸
업하고 결혼을 시키면 어떻겠느냐고 이야기를 했지만, 결혼시
키겠다는 의지는 확고했다. 총각이었던 내가 결혼에 관해 가타
부타 떠들어보아야 별 소득이 없음을 알고 발길을 돌렸다.

마을 주민의 이야기를 들어보니 여자 쪽 집이 가난하여 신랑
이 될 집에서 돈과 옥수수를 빌렸다고 한다. 어렵게 살다 보니
빚을 갚기가 힘들다는 것이다. 남학생의 아버지가 빚을 탕감할

테니 자식들을 결혼시키자고 제안해서 이루어졌다는 것이다. 그렇다면 이 혼사는 결혼 당사자들의 의견이 철저하게 무시된 정략결혼이지만 별 도리가 없지 않은가? 나이가 어리니 부모에게 본인의 의견을 피력할 수도 없으니 무조건 따라야 한다. 결혼한 어린 두 남녀가 행복하게 살기를 바랄 뿐이었다.

요즘은 조기 결혼의 풍습이 사라졌다. 주변에는 결혼 적령기를 넘긴 청춘남녀들이 부지기수로 많다. 남녀에 따라 결혼관에 대한 차이는 있겠으나 독신 남녀들이 증가하고 있다. 나의 큰아이도 결혼할 생각이 없는 것인지 결혼 적령기를 놓쳐 걱정이다.

결혼을 늦추거나 아예 않게 되는 데는 여러 이유가 있다. 오늘의 세태가 이렇게 만든 것이다. 결혼하려는 마음은 있으나 경제적 이유로 미루는 일도 있고, 자유분방한 생활을 즐기자는 부류의 사람들도 있다. 가정을 꾸리게 되면 본인의 행동에 제약을 받고, 집 마련과 생활비, 교육비 등을 걱정해야 한다는 것이다. 결론은 결혼을 안 해도 행복하게 살아갈 수 있다고 하는 것이 요즘 젊은이들의 생각이다.

어느 날 아침 교실 창문에 매달린 아이들이 소란스럽다. 장가간 ○○가 색시와 함께 나타났다는 것이다. 운동장 건너편의 도로를 보니 한복을 차려입은 두 남녀가 보였다. 아마도 버스를 기다리는 것 같았다. 친구들이 자신을 보고 있다는 것을 눈치챘음인지 잠시 후 어디론가 모습을 감추었다.

'안녕, 꼬마 신랑! 결혼을 진심으로 축하한다. 초등학교를 졸업하도록 너의 아버지를 설득하지 못해 미안하다. 내가 너에게 줄 수 있는 선물은 행복하게 살아가길 바라는 마음뿐이다.'

2017년 가을

🌲 겨울 나그네

조용히 경청하던 강의실이 갑자기 웃음바다가 되었다.

영문을 모르는 나는 해설 시연을 잠시 멈추고 왜 웃느냐고 물었다. 대답은 아주 간단명료했다. 김유정 소설의 「산골 나그네」를 「겨울 나그네」로 잘못 말한 것이다. 김유정문학촌에서 김유정의 생애와 문학에 대해 예비 해설사들에게 행했던 해설 시연은 이렇게 또 하나의 추억을 만들었다. 그런데 겨울 나그네라는 단어는 도대체 어디에 있다가 불쑥 튀어나온 것일까? 어쩌면 잠재의식 속에 오랫동안 깊이 침잠해 있다가 나올 기회를 엿보았는지도 모를 일이다.

차가운 겨울바람에 하얀 눈이 흩뿌린다. 시골을 향해 달려간 마지막 버스의 타이어가 찍어놓은 길을 따라서 걷기를 시작했다. 날은 어두워졌는데 목적지까지는 30리가 넘는 거리다. 출발하기 전에 준비를 단단히 했음은 물론이다. 눈길에 미끄러운 구두를 벗고, 운동화를 사서 신었다. 바쁜 마음에 달려오다 보니 저녁식사를 못 했는데 시골 마을의 식당들은 일찍 문을 닫았다. 소주 한 병과 오징어를 안주로 샀다. 얼마나 걸었을까 점차 걸음걸이가 느려지더니 온몸에 힘이 빠지기 시작했다. 등줄기에서는 땀이 흐르는데 얼굴은 눈보라를 맞아 몹시 차갑다.

천신만고 끝에 고개 마루턱에 도착하니 조금은 마음이 놓였다. 그곳에서부터는 계속 내리막길이기 때문이다. 소주를 한 모금 마시니 왜인지는 몰라도 다시 목구멍을 통해 올라왔다. 소나무와 가랑잎에 쌓였던 눈이 떨어지는 소리가 가끔 들릴 뿐 주위는 온통 적막감이 흐르는 밤이다. 참으로 많은 상념이 머리를 스쳐 지나갔다.

새파랗게 젊은 나그네는 지친 몸으로 새하얀 눈길을 걸으며 인생에 대해 여러 질문을 던지고 있었다. 그날 나는 겨울 나그네가 되어 「나그네 설움」이라는 대중가요를 읊조렸다. 오랜 시간 눈을 맞으며 먼 길을 걸었는데 차도 사람도 만나지 못했다. 드디어 집들이 보이기 시작했고, 어디선가에서는 닭이 우는 소리가 들려왔다.

무엇이 그리도 급박하여 눈 내리는 날에 야행했느냐고 묻는다면 나는 이런 대답을 한다. 큰아이가 아주 심한 독감에 걸렸기 때문이다. 경기도 용문의 한 의원에 들렀더니 열이 너무 높다며 서울 쪽으로 가라고 했다. 서울 성북구 장위동에 유명한 소아과 의사가 있다고 하여 찾았더니 큰 병원으로 빨리 가란 다. 인근에 있는 경희의료원으로 향했다. 의사는 간단한 진료를 하더니 아이의 온몸을 얼음으로 덮어버렸다. 열이 너무 높았기에 당시로서는 그것이 가장 최선의 치료 방법이었는지는 모르겠다.

입원하여 며칠이 지난 어느 날 오후에 의사의 호출이 있었다. 신정과 함께 연휴가 겹치니 내일 퇴원을 하라는 이야기다. 전화도 없고 카드도 없던 시절이라 퇴원을 시키려면 병원비가 없으니 집을 다녀와야 한다. 서둘러 터미널로 갔는데 버스는 이미 출발하였다. 하루 1회 왕복하는 버스는 아침에 서울로 출발하고 저녁에는 시골에 와서 운행을 마무리하였다. 속초로 가는 버스를 타게 되었고, 집으로 가는 길목에서 내렸다. 지금도 눈이 내리는 날이면 그때의 일이 생생하게 떠오른다.

인생을 사계절에 비유하는 사람들이 있다. 사람의 평균 수명을 80으로 보았을 때는 20년을 주기로 사계절을 이야기한다. 요즘은 100세 시대가 되었다고 25년을 이야기하니, 나는 현재 초가을을 지나고 있는 셈이다. 단풍이 아름다운 만추가 되려면 아직은 더 세월이 흘러야 한다. 이렇게 인생을 사계절로 나누는 것은 특별하거나 별다른 의미가 있는 것은 아닐 것이다. 다만 지나온 삶을 뒤돌아보고, 앞으로 살아갈 날들에 대해 고민하며 계획을 세움에 큰 의미를 두어야 할 것이다. 대부분 사람의 심리는 언제나 계절을 앞서간다. 사람들의 취향에 따라 어느 계절이나 나그네는 있게 마련이겠지만 나는 겨울 나그네가 되기를 마다하지 않는다. 겨울은 해가 지는 어둠이 아니라 밝아오는 새날을 준비하는 계절이기 때문이다.

나그네란 '자기 고장을 떠나 다른 곳에 임시로 머무르고 있거나 여행하고 있는 사람'을 일컫는다. 인생을 긴 여정으로 볼 때 여기에 해당하지 않는 사람이 몇이나 되겠는가. 하기에 많은 사람은 나그네를 주제로 하여 시와 소설과 수필을 쓰고, 대중가요로 만들어 부른다. 또한 영화, 드라마, 연극, 오페라 등 여러 문화콘텐츠로 태어나 뭇사람들의 심금을 울리기도 한다.

김유정의 단편소설인 「산골 나그네」에 등장하는 나그네는 일제 식민 시대의 가난에 찌든 배고픈 여인이다. 병든 남편을 물레방앗간에 두고 주막집을 찾아든다. 주막집 아들인 덕돌이와 혼인하지만, 어느 날 시어머니에게서 받은 비싼 은비녀를 빼놓고 사라진다. 그녀가 주막을 떠나며 가지고 간 것은 남편에게 입힐 덕돌이가 입었던 옷 한 벌이다. 살아남기 위해 나그네는 요즘 말로 위장결혼을 하지만 그녀에게 돌을 던질 수 있을까? 찬 바람이 부는 새벽에 남편을 이끌고 사라지는 여인의 모습이 겨울 나그네로 비친다.

겨울 나그네란 이미지 속에는 추위와 외로움, 방황, 애환, 설움, 희망, 사랑 등이 서로 얽히고설킨 모습으로 나타난다. 이 세상의 많은 겨울 나그네들은 어렵고 힘겨운 세파를 이겨내며 새로운 도약을 준비한다.

2017년 여름

두 어머니

　나에겐 어머니가 두 분 계신다. 한 분은 나를 낳아준 분이시고 또 한 분은 길러주신 분이다. 초등학교 1학년이던 나는 찬바람을 맞으며 학교에서 집으로 가고 있었다. 응달에는 아직 잔설이 남아있는 쌀쌀한 날씨다. 집에서 점심을 먹고 다시 학교로 뛰어가던 마을의 상급생 누나가 내 앞에서 멈추었다.

　"빨리 집에 가봐. 너의 엄마가 많이 아프셔."

　집에 도착하니 마을 사람들이 많이 모여 있었다. 집 안으로 들어가려는 나를 막아서며 아랫마을 삼촌 집으로 보냈다. 이상한 일이다. 분명 아침에 외할머니는 부엌에서 아궁이에 불을 지피며 오늘은 네 동생이 태어나는 날이니 빨리 아침 먹고 학교에 갔다 오라고 하셨는데…… . 영문도 모른 채 집에서 보내온 음식과 과자를 먹으며 또래들과 웃으며 놀았다.

　상여꾼들의 구슬픈 소리가 들려왔다. 어느새 나도 상여를 뒤

따르고 있었다. 성장하여 알았는데 어머니의 사망 원인은 난산인 데다가 피를 너무 많이 흘린 탓이었다. 죽음의 의미를 모를 나이인 일곱 살에 생모와 이별을 한 것이다. 텃세 부리는 채씨 집성촌의 아이들과는 학교를 오가며 싸움이 잦았다. 어머니는 학교 가는 길목에서 누룽지를 학생들에게 일일이 나누어 주시며 나를 잘 데리고 다니라는 당부하셨는데 다시는 그 모습을 볼 수 없었다.

의지할 곳을 잃어버린 동생은 때때로 울며 어머니를 찾았다. 외할머니는 항상 어린 외손자들이 걱정되었다. 어느 날 새어머니가 되실 분을 대동하고 나타나셨다. 우리 형제는 그분을 어머니라 부르게 되었다. 사랑과 정성으로 우리를 보살펴주셨다.

오랜 세월 길러주신 어머니가 위독하다는 연락을 받고 급히 달려왔건만 눈을 감고 말씀이 없으셨다. 한 많은 세상을 살다 가신 어머니께 효도 한번 제대로 못 한 것이 마음을 아프게 하여 눈물이 흘렀다.

나의 두 어머니는 천국에 계신다. 어머니를 모시고 사는 친구들을 보면 부럽다. 세상에서 가장 강하고 위대한 분은 어머니다. 사형수가 된 아들의 면회를 매일 간 사람이 어머니고, 아들의 사형 소식을 듣고 강물에 몸을 던진 사람도 어머니다. 어머니의 품 안에서 사랑을 먹고 자란 사람들이 세상의 빛이 되었다. 따라서 사람들은 어머니를 찾고 노래한다. 세월호 참사 당시 안산 합동분향소에 단원고 희생 학생을 딸로 둔 어느 어머니가 남기신 글이 있다.

'엄마가 지옥 갈게 딸은 천국에 가.'

2019년 겨울

🌲 할아버지에 대한 추억

　할아버지의 묘를 이장해 달라는 연락을 받았다. 산주는 산을 깎아 구렁텅이 밭을 메우고, 화훼 재배를 위해 비닐하우스를 설치한다는 계획이다. 어찌하면 좋단 말인가? 수십 년 전에 작고하신 할아버지의 모습이 새롭게 떠올랐다.

　젊은 나이에 홀로되신 할아버지에게 6·25전쟁 중에 태어난 손자는 새로운 희망이었다. 언제나 두 눈으로 손자의 일거수일투족을 주시하며 지극정성으로 보살핌을 주셨다. 아직은 어머니의 품에서 자라야 할 어린 나이였건만 당신이 기거하는 사랑방으로 나를 데려가셨다. 밤마다 찾아오는 친구분들에게 나는 자연스레 재롱둥이가 되어 사랑방의 한 구성원으로 자리를 잡았다.

　마을에 경조사가 있는 날에는 언제나 나의 손을 이끌고 가셨다. 맛있는 음식은 주머니를 가득 채우고도 모자라 손수건에 싸서 집으로 돌아왔다. 말은 못 해도 주인은 보이지 않는 눈총을 주었을 것이다. 소에게 먹일 풀을 베러 갈 때도 나는 작은 발걸음으로 뒤를 따라다녔다. 햇볕이 따가운 여름날 탐스럽게 잘 익은 멍석딸기를 따주셨는데 탈이 났다. 정신을 잃고 초주검이 된 나는 한의원에서 치료받고 간신히 살아났다. 그때 할아버지의 심경은 말 안 해도 짐작이 간다. 참외를 심은 밭에는 원두막을 지으셨다. 원두막을 오르내리며 놀았는데 내려오다가 발을 헛디디어 사다리 사이로 몸이 빠지며 목이 사다리 사이에 대롱대롱 매달리는 사건도 있었다.

할아버지에게 시련의 날들이 찾아왔다. 서울 6관구 사령부에서 통신병으로 근무하던 막내아들이 고압선에 감전되어 사망한 것이다. 군 영구차에 실려 온 아들의 유해를 받아야 했고, 원호대상자가 되어 매년 연금을 받으셨다. 나는 어렸지만 먼지 날리며 신작로를 달려오던 군인 영구차의 모습을 어렴풋이 기억한다. 그해 겨울에 나의 어머니는 산고를 겪다 돌아가셨다. 자고 일어나면 건너편 산에 묻힌 아들과 며느리의 무덤을 바라보며 할아버지는 비통한 마음으로 고뇌의 시간을 보내셨을 것이다. 더는 그곳에 머물 수 없기에 정든 고향을 떠나야 했다. 인심 좋은 마을 사람들은 50리 길이나 되는 머나먼 곳까지 이삿짐을 지게로 옮겨주었다. 나는 걸었지만, 다리가 아프다고 울며 따라오던 어린 동생은 지게 위의 소쿠리에 앉아 흥얼거렸다.

 낯선 타향에 짐을 푼 할아버지와 아버지는 아침 일찍 일터로 나가셨다. 그때부터 학교에서 돌아오면 어린 동생을 보살피는 일은 나의 몫이 되었다. 남자들만 있는 집은 허전하다 못하여 썰렁함 그 자체였다. 다행히도 외할머니는 어린 외손자들이 몹시 눈에 밟혔는지 새어머니를 구해 보내주셨다.
 어느 날 할아버지는 불쌍한 손자들을 위함인지 인삼을 두 채 구해오셨다. 동생은 쓰다며 먹지 않기에 미련한 내가 모두 먹어버렸다. 지난날 할아버지가 캐 오신 산삼도 먹었는데 이번에는 인삼을 과하게 먹어 몸에 열꽃이 피어나더니 무릎과 머리에 부스럼이 생겨 터져 나오기 시작했다. 치료한다며 추운 겨울날 소똥이 발효되느라 김이 모락모락 피어오르는 두엄을 헤집고 그 위에 나를 앉혔는데 소똥 분비물은 상처를 더욱 악화시켰다. 또 하나 잊히지 않는 사연, 친구가 나를 때린 적이 있었는데 그 부모는 할아버지께 엄청난 시달림을 받았고, 용서를 빌고서야 조용해졌다. 지금도 나를 때렸던 친구는 만남의 자리에서 그 시절을 이야기하며 함께 웃는다.

 할아버지와 함께 방을 쓰며 온갖 시중을 들었다. 잔심부름은 물론이고 밤이 되면 다리와 허리를 밟아드렸다. 시골 오일장의 난전에서 사들인 심청전이나 장화홍련전 같은 이야기책을 등

잔불 밑에서 읽어드렸다. 그 당시에는 이가 참으로 많았다. 속옷에 기어 다니던 이를 손톱으로 모조리 잡아드리는 기쁨도 있었다.

돌아가시기 전 해에 할아버지와 함께 할머니 산소를 찾았다. 식당에 들러 점심을 먹었는데 막걸리를 시키셨다. 한잔 드시더니 식사를 끝내고 슬며시 자리를 뜨신다. 말씀은 하지 않으셨지만, 너도 이제 성인이 되었으니 한잔하라는 뜻을 모를 리가 없다. 집으로 찾아온 친구분들과 약주를 드실 때는 딱 한 잔으로 그치셨다. 과음은 몸을 망치고 실수를 하게 만들기 때문이라고 말씀하셨다. 내가 시골에서 직장생활을 할 때는 신접살림에 유용하게 쓰라며 사기로 만든 요강을 들고 먼 길을 찾아와 주셨던 고마운 분이시다.

손자에게 온갖 사랑을 주시던 할아버지는 증손자가 태어나기 삼 일 전에 돌아가셨다. 매서운 겨울바람이 몰아치던 섣달의 일이다. 작고하시기 전에 당신이 묻힐 장소를 정해놓아 산주의 허락을 받아 유언대로 장례를 치렀다. 감사의 표시였는지 아니면 산주의 요구가 있었는지는 몰라도 아버지는 그 산에 여러 사람을 동원하여 잣나무를 심어주었다. 그런데 이장을 요구하고 있으니 여러 생각들이 꼬리를 물어 잠을 설친다.

마음은 청춘인데 어느덧 세월은 흘러 할아버지라는 호칭을 얻었다. 작은아들이 결혼하여 강릉에 살고 있다. 분가하여 살

다 보니 손자, 손녀 보기가 가물에 콩 나듯 한다. 시대의 변화 때문일까 잠시 만남이 있어도 아이들은 게임과 같은 신세대 문화에 집중하니 함께할 시간이 많지 않다. 만남이 있을 때마다 손주들에게 좋은 추억을 만들어주어야 할 텐데 걱정이다. 아름답지 않은 기억은 시간이 흘러가면서 퇴색하고, 아름다운 기억만 남는다고 한다. 특히 어린 시절의 기억이 아름답게 일깨워지면 마음가짐이 긍정적인 방향으로 변한다니 다음 만날 때는 좋은 계획이라도 세워 사랑스러운 손주들과 시간을 보내볼까……

인정 많고, 강직하시며 매사에 빈틈이 없으셨던 할아버지는 큰 교훈을 주고 떠나셨다. 영영 돌아오지 않을 지난날을 회상하며 할아버지의 역할을 생각해 본다.

2019년 봄

🌲 흘러간 20년의 사연들

  오늘도 시간은 멈춤이 없이 흐른다. 과거의 시간 속에는 각
자마다의 사연들이 멈추어 자리를 잡고 있다. 행과 불행이 함
께 들어있다. 기쁨과 슬픔이 담긴 지나간 일상들을 들추어 글
로 표현하는 것은 흥미 있는 일이다. 그곳에는 또한 언제나 가
슴 뛰게 했던 젊음이라는 추억이 있기 때문이다. 20년이란 긴
세월동안 해마다 춘주문학 수필집으로 태어나 독자들에게 기
쁨을 선물하고 있다.

  20년 전에 나는 불혹不惑의 나이를 지났으나 그때는 아직 젊은
청춘이라 해야 맞을 것이다. 전쟁이라는 아픈 상처가 남아있는
역사의 고장 철원에서 근무하고 있었다. 당시 나의 꿈은 승진이
었다. 노력의 결과일까, 승진을 하여 관리자가 되었다. 꿈을 이
루었다고 마냥 행복하지는 않았다. 온갖 잡다한 일까지도 마음
에 담고 교육행정을 관장하며 바쁜 시간을 보내야 했다.

240

시간은 흐르고 퇴직의 날은 가까워지고 있었다. 제2의 인생을 설계하는 과정에서 우선 세 가지를 수행하기로 정했다. 그 첫째는 건강을 챙기는 것이고 둘째는 봉사하는 생활을 하는 것이며 셋째는 글을 써서 책을 내는 것이다. 건강을 위해 걷기를 시작했고, 김유정문학촌에서 해설 봉사를 시작했다. 그동안의 교직 생활을 돌아보며 자서전 형식의 글을 쓸 계획이었는데 막상 글을 쓰려 하니 시작부터 풀리지 않았다. 하여 춘천문화원에 문예 창작반이 있다는 소식에 등록을 하였고, 그곳에서 글쓰기를 지도해 주시는 박종숙 선생님을 만났다.

나도 한번 글을 써보아야 하겠다는 꿈은 어린 시절에도 있었다. 1960년대 초에 시골 초등학교에는 교과서 외에는 읽을 만한 책이 없었다. 책이 전혀 없었다는 말이 맞을 것이다. 만화책이나 동화책을 가진 친구가 몹시 부러웠다. 책을 빌려보려면 밤이나 고구마, 가지고 놀던 구슬 등으로 대여료를 지불하곤 했다. 어렵게 구한 책은 몇 번이고 읽은 후에 되돌려주었다. 책 속의 주인공이 되어보기도 하였고, 언젠가는 글을 쓰겠다는 꿈을 갖기도 했다. 그러나 직장을 잡고 사회생활을 시작하며 어린 시절의 꿈은 슬며시 숨어버렸다. 살아오며 글쓰기를 실천하지 못한 것은 후회되는 일 중의 하나다.

춘천시립도서관을 찾았다. 향토자료관에서 우연히 춘주 문학 창간호와 제2집을 만났다. 우선 눈에 들어온 것은 현재 춘천문화원 문화학교에서 수필을 지도하고 계신 박종숙 선생님의 사진이었다. 처녀처럼 젊고 아리따운 모습의 사진을 볼 수 있어 기뻤다. 강산이 두 번 변하였는데도 선생님의 지금 모습은 크게 변하지 않았다. 아마도 항상 편안한 마음으로 긍정적인 삶을 살아오신 덕분일 것이다.

책의 마지막 장에서 본 다음 구절이 마음에 와닿았다. '시몬 너는 듣는가, 낙엽 밟는 발자국 소리를……. 구르몽의 시구는 언제나 저만큼 흘러가 버린 세월을 낡게 합니다. 그 세월 속에서 우리는 무엇을 하고 살아왔는가를 다시 생각하게 합니다.'

문예창작반을 지도하신 지 20년이 흘러 2018년이 되었다. 올해도 어김없이 사랑과 낙엽의 계절 가을이 찾아왔다. 구르몽은 사랑하는 여인 시몬에게 낙엽 밟는 소리를 통해 사랑을 전하고 있다. 낙엽을 통해 인생무상을 이야기한 구르몽의 가을은 100년이 지났지만 변함이 없다. 앞으로 남은 인생은 무엇을 하며 어떻게 살아갈 것인가에 대해 생각해 보는 계절이다.

1999년 세상에 나온 춘주 문학은 올해로 제20집이 나왔으니 사람의 나이로 치면 약관弱冠으로 어엿한 성인이 되었다. 창간호에 게재된 낯선 이름들이 쓴 수필을 읽어보았다. 그 시대를 살아가는 가슴 뭉클한 이야기들이 오롯이 자리 잡고 있었다. 지금 그분들은 창간 당시의 나이에 20년을 더해 살아오셨을 테니 연륜이 쌓여 수준 높은 수필을 창작하고 계실 것이다.

병사는 지휘관을 잘 만나야 전쟁에서 승리할 수 있고, 인생 공부는 스승을 잘 만나야 한다. 선생님의 지도로 수필 문학에 눈을 뜬 사람들은 자기 삶에 대한 흔적들을 춘주 문학 속에 글로 남겼다. 또한 주옥같은 좋은 글로 등단하신 분들은 현재 대한민국의 수필 문학 발전에 큰 발자취를 남기고 있다. 80세를 넘긴 연세 많으신 분들이 열정을 가지고 작품 활동을 꾸준히 하시는 모습을 보면 존경심이 앞선다. 앞으로도 춘주 문학은 중단 없이 매년 새로운 모습으로 태어나 독자들의 가슴을 울리는 문학지로 남을 것이다. 항상 질 높은 수필 문학이 되도록 세심하게 지도하여 주시는 선생님께 감사드린다.

"골치 아프게 글은 왜 쓰냐?"

친구가 말했을 때 나의 알 수 없는 대답은 입속에서만 맴돌았다. 사람들은 왜 글을 쓰는가? 사람들마다 다 이유가 있을 것이다. 2006년 노벨 문학상을 받은 오르한 파묵Ferit Orhan Pamuk은 수상 당시의 연설문에서,

"저는 글을 쓰고 싶어서 씁니다."

이렇게 시작하여 글 쓰는 이유를 수십 가지 들고 있다. 그의 솔직한 문장을 읽으며 나는 어떤 이유로 수필을 쓰는가에 대해 생각해 보았다. 많은 사람이 수필은 누구나 쉽게 쓸 수 있는 문학 장르라는 선입견을 품고 있다. 그런데 실제로 써보면 문학

으로서의 수필이 대단히 어렵다는 것을 곧 알게 된다. 여인들이 자신에게 관심을 두도록 신체를 노출하듯이, 수필은 나를 발가벗겨 내면의 세계를 노출해야 하므로 어렵다. 어려움을 극복해야 좋은 결실을 얻고, 독자에게 희망과 위로를 줄 수 있을 것이라는 신념을 가지고 수필을 접한다.

세월이 흘러 20년 후에 나는 어떤 모습으로 이 세상에 자리하고 있을까? 지나온 20년을 후회 없이 멋진 세월로 보냈다고 평가되었으면 좋겠다. 그러려면 좋은 방향으로 생활의 패턴을 바꾸어야 할 것이다. 나의 희망 사항은 내가 쓴 수필이 독자들에게 작은 기쁨으로 삶을 관조해보는 작품이 되는 것이다. 욕심이 지나치면 탈이 나게 마련이다. 큰 욕심을 버리고 지난날을 회고하여 잠들었던 기억을 일깨워 익어가는 글이 되도록 노력하자.

2018년 가을

제6부

내 것이
아닙니다

그냥 오시면 안 돼요

"선생님, 그냥 오시면 안 돼요."

재차 들려오는 소리에 뒤를 돌아보니 누군가 준비한 것을 가져오라고 손짓을 했다. 준비하라는 것이 무엇인지는 기억이 없다. 다만 그 목소리의 주인공은 오래전에 만났던 제자인데 어렴풋이 보였다가 사라졌다. 장례식장처럼 보이는 것이 드넓은 벌판에 있었다. 소리는 분명 그곳에서 들려왔다. 사람의 모습은 보이지 않는데 나무로 만든 아담한 집이 나타났다. 집을 둘러보려는 순간 잠에서 깨어났다.

그와 나의 인연은 학교에 처음으로 부임하여 담임을 맡게 되면서부터이다. 그는 나이가 많아서일까 다른 학생들에 비하여 체격이 컸다. 그의 통학 거리는 계곡을 따라 4km가 넘었다. 산비탈을 돌고, 개울물을 몇 개 건너야 학교에 올 수 있었다. 그를 떠올리면 인상에 남는 것은 학교에 올 때는 항상 책보를 등에다 대각선으로 둘러메고 왔으며, 돼지 당번 날에는 큰 소주병에 염소젖을 담아서 들고 왔던 것이다. 그는 중학교에는 진학하지 못했다. 나는 타교로 전출하였으며 그와의 인연은 흐르는 세월 속에 묻혀버렸다.

1970년대 초에 국가에서는 낙후된 농촌의 근대화를 위해 새마을 운동을 시작하였다. 당시의 농촌 현실은 가난 그 자체였다. 경제적으로 빈곤하니 중학교에 진학하지 못하는 학생들도 많았다. 총각 선생이던 나는 학생들에게 도움이 될 만한 일을 찾아보았다. 생각 끝에 돼지를 키워 팔아서 도움을 주기로 했다. 교장 선생님의 허락을 받고, 교사의 뒤편 공터에 허술하지만 작은 우리를 만들고, 새끼돼지 한 마리를 사서 기르게 되었다. 먹이는 학생들이 당번을 정해 가져왔다. 돼지가 조금 크니 문제가 생겼다. 먹이가 매우 부족했다. 통학 거리가 먼 학생들이 가져오는 것은 주전자에 담아온 쌀뜨물이 고작이었다. 박봉에 사료를 살 수는 없고 궁여지책으로 관사에서 나오는 음식 찌꺼기와 들풀을 먹이는 것이 전부였다. 어느 날은 돼지 먹이 당번이 된 제자가 힘들게 들고 온 염소젖을 교장 선생님이 보고는 몸에 좋다고 교장실로 가져가셨다. 어려운 여건에서 정성으로 키운 돼지는 작은 보탬이 되어 그들에게 돌아갔다.

새 학기가 시작된 지 얼마 안 되는 봄날이었다. TV로 뉴스를 보고 있는데 선배 선생님으로부터 전화가 왔다. 식당에서 나의 제자를 만났는데 통화를 하고 싶어 한다고 했다. 전화기에서는 남성의 중후한 음성이 들려왔다.

"선생님 안녕하세요? 저는 선생님께서 담임하셨던 김○○입니다. 뵙고 싶습니다."

돼지 먹이로 염소젖을 들고 다니던 제자였다. 반가움에 만나자는 약속을 했고, 며칠 뒤에 그가 전화했던 식당으로 갔다. 이른 시간이라 식당에는 손님들이 없었다. 내가 문을 들어서자 그가 달려와 손을 잡았다. 헤아려보니 38년 만의 만남이었다. 큰절하겠다는 그를 만류했지만 결국은 절을 받았다. 그가 차려놓은 술상 앞에 마주 보고 앉았다. 어렸던 시절의 모습은 보이지 않고, 주름진 얼굴의 중년 남자가 그곳에 있었다. 서로에 대한 안부가 끝나자 제자는 자신의 계획을 이야기했다. 어린 시절부터 서울에서 살았는데 지금은 생활하는 데 부족함이 없다고 말한다. 자녀가 대학을 졸업하면 서울에 있는 집을 정리하여 고향으로 내려가 집을 짓고 농사를 지으며 살겠다는 소박한 꿈을 이야기했다. 그런데 갑자기 등 뒤에서 식당 아주머니의 날카로운 음성이 날아들었다.

"저 사람은 술 먹으면 안 돼요!"

소주잔을 든 제자를 보며 식당 주인이 소리친 말이다. 내가 이유를 묻자 간암이라고 한다. 순간 놀란 가슴을 뒤로하고, 그의 얼굴을 다시 쳐다보았다. 겉으로 보기에는 건강해 보였으나 자세히 보니 병색이 보이는 듯했다. 그는 암을 이길 수 있으니 걱정하지 말라고 했다. 나는 그에게 의학이 발달하여 암은 치료할 수 있으니 몸을 잘 관리하여 건강한 몸을 만들자고 이야기했다. 다시 만날 것을 약속하고 헤어져 집으로 오는데 가슴은 답답하고 발걸음은 몹시도 무거웠다.

여름방학 때의 일이다. 특수반 어린이들의 여름 캠프가 경기도 양평에서 열리고 있기에 격려차 방문을 하였다. 어둠이 내리자 어린이들의 활동이 시작되어 보고 있는데 메시지 한 통이 날아왔다. '○○이 사망하였기에 알립니다. 발인 ○월 ○일 ○시, 강원대학교 장례식장' 분명히 지난봄에 만났던 제자의 핸드폰 번호인데 본인의 죽음을 알리다니 어찌 된 일인가? 전화를 걸었더니 제자의 동생이 전화를 받았다. 형님이 쓰던 핸드폰으로 소식을 알렸다고 한다.

그날 늦은 시간에 장례식장에 도착하여 빈소를 찾았다. 그의 명복을 빌며 죽음의 의미를 다시 한번 생각해 보았다. 그는 이 세상에 무엇을 남기고 떠났는가? 그가 고향에 안착하여 꿈꾸던 계획은 여기까지란 말인가. 이승에서 풀지 못한 계획은 다음 생애에, 아니면 천국에서 꼭 이룰 것이라 믿으며 장례식장을 나왔다. 후덥지근한 날씨에 세찬 소나기라도 퍼부었으면 좋겠다고 생각했다. 성장한 제자들의 모임에 초대받았을 때 주소록에 붉은 줄이 그어진 앳된 얼굴들이 중복되어 지나갔다.

"선생님, 그냥 오시면 안 돼요."

세상을 떠난 그가 오늘 나에게 보내는 메시지는 무엇일까? 곰곰이 생각해도 답이 나오지 않는다. 자신이 이루지 못한 계획을 대신하여 나보고 이루라는 것은 아닐 텐데……. 건강하게 행복한 삶을 살고 사후에 만나자는 암시인가? 길몽인지 흉몽인지 예지몽인지는 알 수 없다. 꿈의 종류와 해석은 다양하기 때문이다.

카를 융은 '꿈이란 잘 드러나지 않는 그 사람의 성격을 일깨워 균형을 유지해 주는 것'이라고 했다. 내게 나타난 꿈은 소심한 성격 탓으로 돌려야 옳을 것이다. 어찌 보면 꿈은 이상 실현의 세계이고, 자기반성과 현실 비판의 세계일 수도 있다. 꿈에서 나를 찾은 제자의 외침은 매일 자신을 뒤돌아보고, 진실한 삶을 살아가라는 충고가 아니었을까?

2016년 봄

🌲 통학버스 운전기사

교장 연수를 마치고 임지 발령을 받았다. 전교생이 50명도 안 되는 소규모 농촌학교였다. 발령이 나기 전에는 규모가 큰 학교를 기대했었다. 그러나 4학급에 교감 선생님도 없으니 걱정이 앞섰다. 나에게 주어진 복으로 생각하며 열심히 근무하기로 마음을 다잡았다. 함께 근무하는 교직원들은 모두 맡은 소임을 성실히 수행하고 있음에 안심이 되었다.

소규모학교라 투자를 안 했는지 열악한 교육환경들이 눈에 들어왔다. 학교의 면모를 바꾸고자 밤잠을 설치며 계획을 수립하여 하나씩 추진해 나갔다. 교육청에서 예산을 지원받아 과학실, 방과 후 교실, 유치원 교실을 리모델링하였다. 철원지역에 흔한 화산암으로 화단을 새롭게 꾸미고, 수중 생물을 관찰할 수 있도록 연못도 만들었다. 아이들과 교직원의 건강을 위해 등산로를 만들고, 사용을 안 하던 테니스장도 새롭게 고쳐서 문을 열었다.

　해결하지 못한 과제가 한 가지 있었다. 학생 수가 줄어드는
것이다. 마을에서 떠도는 소문을 들으니 학교가 폐교되면 장례
식장으로 만들어 지역 사람들 경제에 도움을 주면 좋겠다는 이
야기다. 만약 학생 수가 계속 줄어든다면 학교가 폐교의 절차
를 밟게 되는 것은 정한 이치다. 고심하다 동문회장과 학교 운
영위원들을 만났다. 학교 현재 상황을 전하고 학생 수를 늘리
는 방안에 관해 이야기를 나누었다. 결론은 통학 차량을 구매
하여 큰 학교에 다니는 학생들을 데려오자고 의견을 모았다.
문제는 차량구매 경비였다. 다행히도 운영위원과 동문회가 경
비를 모아 12인승 스타렉스 차량을 샀다. 학교의 발전을 위해
큰돈을 선뜻 내주신 분들이 너무도 고마웠다. 차량 운행은 학

부모가 돌아가며 하기로 하였다. 일손이 바쁜 농사철에 시간을 내가란 쉽지 않음을 알기에, 교장인 내가 손수 운행을 시작했다. 관내 학교의 선생님 중에는 나를 '통학 차량 운전기사'라고 애칭하여 불러주는 이도 있었다.

아이들이 등교하기 전에 통학차를 운행해야 한다. 산재해 있는 집들을 찾아가기 위해서 좁은 농로와 마을길을 지나기도 하였다. 차를 기다리는 아이들이 있으니 시간을 잘 맞추어야 한다. 차에 오르며 감사한 마음으로 인사하는 아이들을 보면 보람도 있었다. 출장이라도 가게 되면 선생님들이 대신 운행했다. 다행히도 공익근무요원을 배정받아 운행을 시키게 되어 다소 어려움이 해소되었다.

모든 교육 가족이 이루어낸 커다란 성과가 현실로 나타나기 시작했다. 동문 중 몇몇이 시골 아이들을 위해 방송국을 견학시켜 주었고, 학부모는 야구장 관람과 래프팅을 하도록 지원을 해주었다. 방과 후 학습활동과 자연학습 등 소규모학교의 장점을 부각한 결과 큰 학교에 다니던 학생들이 전학을 오며 학생 수가 증가하여 6학급이 되었다. 새로 교감 선생님이 부임하였고, 학교는 안정적으로 교육과정을 운영하게 되었다.

젊은 사람들이 도시로 떠나니 농촌에는 노인들만 농사를 짓고 있다. 출산 인구가 없으니 많은 학교가 문을 닫고 있다. 폐교된 학교시설은 매각하거나 민간인에게 임대한다. 그것도 여의찮으면 시설이 방치된다. 풀밭이 되어버린 운동장을 보면 쓸쓸함과 허전함이 전해온다.

이웃 나라 일본도 농촌은 우리와 비슷한 실정이라고 한다. 그런데 한 가지 짚고 넘어가야 일이 있다. 학교가 문을 닫게 되자 마을 사람들이 나서서 학교를 청소하고, 시설을 관리한다는 이야기다. 언젠가는 젊은이들이 농촌으로 돌아와 학교가 다시 문을 열게 된다는 꿈을 가지고 봉사활동을 하는 것이다. 실제로 이주하여 온 한 어린이를 위해 학교가 문을 열었다고 한다. 미래를 바라보는 일본인들의 생각을 우리와 비교해 보았다.

새 임지로 발령을 받고는 기쁘지만은 않았던 것은 그동안 정이 들었던 탓일 것이다. 지금도 눈 감으면 통학 차량을 몰고 다니던 마을 곳곳이 보이는 듯하다. 교직 생활 40년 동안에 가장 보람 있고 행복했던 시간으로 남아있다. 부족함이 많은 사람을 믿고 도움을 주었던 교육 가족 모두에게 감사의 인사를 전한다. 학교는 아이들이 꿈꾸는 멋진 미래를 만들어가는 곳이기에 소중하다.

2016년 겨울

▲이럴 땐 어찌하면 좋아요

갑자기 등 뒤에서 비명이 들려왔다. 순간 뒤를 돌아보니 여선생이 발을 동동 구르며 울부짖고 있었다. 놀라서 그녀가 있는 곳으로 달려갔다. 발밑에는 죽은 뱀이 한 마리 놓여있었다. 그녀의 비명은 갑자기 날아온 뱀이 몸에 맞아 터져 나온 것이다.

토요일 오후가 되면 시골 학교는 적막에 휩싸인다. 오전 근무를 마치면 직원들은 일주일 만에 가족들이 기다리는 집으로 떠난다. 관사에 거주하는 사람들은 학교에 남는다. 나는 직원들에게 물고기를 잡아 매운탕을 끓여 먹자는 제안을 했다. 좋은 의견이라며 몇 명이 동참했다. 점심 식사를 마치고 시냇물이 흐르는 계곡으로 향했다. 길을 걷노라니 한여름의 따가운 태양이 땀을 흘리게 한다. 얼마 전에 내린 비 때문일까? 계곡물이 불어나 있었지만 잔잔한 물에는 산과 하늘이 담겨있다. 각자에게는 임무가 주어졌다. 나의 임무는 잡은 고기를 담을 그릇을 가지고 다니는 것이다. 젊은 총각이 반두를 잡았고, 힘 좋은 선생은 지렛대를 잡았다. 드디어 고기잡이가 시작되었다. 반두에 들어간 고기를 확인하는 순간 죽은 뱀이 들어있음을 확인하였고, 뱀을 물 밖으로 힘껏 내던졌다. 아뿔싸, 하필이면 날아간 뱀이 구경하던 처녀 선생의 몸에 떨어지는 황당한 일이 벌어졌다. 그 상황에서 누구라도 놀라지 않는다면 이 시대 최고의 강심장 소유자일 것이다. 고기잡이는 중단되었고, 울고 있는 여선생을 위로하며 철수하였다. 주말을 즐겁게 보내려던 계획은 그렇게 끝났다.

얼마나 많이 놀랐으면 울음은 그날 밤이 새도록 그치지 않았다는 이야기를 들었다. 고향을 떠나 멀리 충청도에서 온 여선생은 서러움의 눈물을 밤새워 흘렸을 것이다. 뱀을 던진 총각 선생이 미안해하였지만 생각해 보면 사건은 나로부터 시작되었기에 어찌하면 좋을지 걱정이 태산이었다. 만약 그 여선생이 임산부였다면 어떻게 되었을까? 하는 아찔한 생각도 해보았다. 월요일에 출근한 모습을 보니 눈이 퉁퉁 부어있었다. 그 여선생은 시간이 지나며 안정을 찾아갔지만, 평생을 두고 지워지지 않는 상처로 남지 않기를 기원했다.

세상에는 황당무계한 사건들이 매일 일어나고 있음을 매스컴을 통해 보고 듣는다. 생활하다 보면 전혀 예기치 못한 일들이 벌어져 진퇴양난으로 애를 태우는 경우가 있다. 나의 기억

속에는 뱀 사건 말고도 또렷이 각인되어 지워지지 않는 일들이 여럿 있다.

지인의 여식이 결혼하여 초대받았다. 예를 갖추기 위해 정장으로 차려입고 집을 나섰다. 예식장이 멀지 않기에 결혼의 의미를 생각하며 예식장을 향해 부지런히 걸었다. 아지랑이가 피어오르는 따뜻한 봄날이다. 도로변의 가로수는 연두 잎으로 단장을 하고 있었다. 봄 냄새가 바람에 실력과 콧등에서 맴돈다. 인도를 거니는 사람들은 옷이 가벼워졌고 활기가 넘쳐 보인다. 예식장이 눈에 들어왔다. 그때 어디선가 푸드덕거리는 소리가 들렸는데 다음 순간 머리에 무언가 떨어졌다는 느낌을 받았다. 어찌하면 좋으랴. 머리에 손을 얹어 확인하니 비둘기의 배설물이다. 가로수에 앉아있던 비둘기가 날아가며 물찌똥을 쌌는데 하필이면 내 머리에 정확히 안착한 것이다. 분비물은 옷까지 더럽혀 놓았다. 예식장으로 가던 발걸음을 되돌렸다. 손수건을 펼쳐 머리에 얹고 집으로 향했다. 후일에 그날을 재수 없는 날이었다고 친구들에게 이야기하니 배꼽을 잡고 웃었다.

영하의 기온은 수은주를 영하 20도 아래로 끌어내렸다. 퇴근후에 직원들과 저녁 식사를 하며 반주로 막걸리를 마셨다. 밖으로 나오니 밤공기가 무척 차갑다. 내일 아침 출근하려면 자전거를 타고 가야 하기에 끌고 나섰다. 손전등을 비추면서 자전거 페달을 밟았다. 칼바람이 몸속으로 파고든다. 도랑에 놓인 폭이 좁은 다리를 건너야 한다. 나무를 엮어 만든 다리는 사람이 혼자 건너면 딱 맞는다. 자전거를 들고 다리 중간쯤 다다랐을 때 몸이 한쪽으로 기울더니 자전거를 안고 도랑으로 처박혔다. 이를 어찌하면 좋단 말인가. 얼음이 깨지며 몸 전체가 물에 빠진 생쥐처럼 되었다. 조금 전에 마신 술기운은 온데간데없고 정신이 번쩍 들었다. 온몸이 얼기 시작했다. 무인지경에 자전거는 물속에 남겨둔 채 걷기 시작했다. 차가운 겨울바람은 우선 옷부터 얼린다. 몸에서는 달가닥거리는 소리가 들린다. 이런 상황에서 쓰러지거나 시간이 많이 지나면 사망이다. 안 되겠다 싶어서 쌓인 눈 때문에 희미하게 보이는 길을 뛰기 시작했다.

참으로 알 수 없는 것이 인생살이다. 언제 어디에서 무슨 일이 벌어질지는 누구도 모를 일이다. 내가 언급한 사건들을 분석해 보면 별일 없을 것이라는 안일한 생각과 행동에서 빚어진 결과다.

요즘 나의 행동에 변화가 있다면 주변을 살피는 것이다. 만휘군상萬彙群象이 경이롭게 눈에 들어온다. 대자연 속에서 세상 살아가는 온갖 생명을 보는 일이 즐겁다. 주변을 잘 살피고 있으니 앞으로 나에게는 예기치 않은 난처한 일이 훨씬 줄어들 것이다.

2018년 가을

🌲 처음 받은 상장

국어 시간이다.

그들과 만나 처음으로 맞이하는 수업 시간이다. 학력 수준을 알아보기 위해 출석번호 순서대로 책을 읽혀보았다. 한 아이의 이름을 불렀는데 머뭇거리며 일어나 책을 들었다. 당황해서인가 책을 거꾸로 들고 있었다. 잠시의 침묵 뒤에 주위의 아이들이 하는 말에 놀라지 않을 수 없었다.

"쟤는 책을 못 읽어요."

6학년이 되도록 학교에서는 무엇을 배웠단 말인가? 그날부터 상담을 시작했다. 꿈을 물으니 농사를 짓겠다고 답했다. 농사를 과학적으로 잘 지으려면 무엇이 필요한가에 대해 이야기를 나누었다. 며칠 후에 배우겠다는 의욕을 보이자 본격적으로 문맹 퇴치에 대한 교육과정으로 개인 지도를 시작했다. 겸하여 사칙연산도 함께 지도했다. 한 달이 채 안 되었는데 떠듬떠듬 책을 읽고, 간단한 덧셈과 뺄셈을 하게 되었다. 나는 그때 빛을 발하던 그의 눈동자를 보았다.

그 아이의 가정생활이 궁금하여 가정방문을 했다. 집에서 하는 일이 많았다. 주로 가축을 기르는 일이 그의 몫이었다. 닭과 토끼의 먹이를 챙기고, 염소와 소에게 먹일 풀을 벤다는 것이다. 그가 교육과정을 소화하지 못한 이유를 조금은 알 것 같았다.

어린이날을 기념하여 모범 어린이로 표창을 올렸다. 운동장 조회 시간에 그의 이름을 불렀는데 반응이 없자 친구들이 그의 등을 밀었다. 그가 짧은 생에서 처음으로 받은 상장이었다.

내 책상 위에는 수시로 올려지는 것들이 있었다. 잘 익은 알밤이 몇 알 있는가 하면 통조림 깡통에는 식용개구리가 담겨있었다. 누구의 짓인지는 물어보지 않아도 알 수 있다.

지금은 중년이 되어 있을 그를 상상해 본다. 성실한 농업인이 되어 행복한 생활을 하고 있을 것이라 믿는다. 살아가며 하고자 하는 일에 자신감을 가지고 도전하면 못 할 일이 없다는 철학을 가지고 생활했으면 좋겠다. 떨리는 손으로 상장을 받으며 눈물을 흘리던 그는 나와의 만남을 기억하고 있을까?

2020년 겨울

🌲 공포의 순간들

　고등학교 동창생들과 중국 장가계로 관광여행을 떠났다. 천문산에 올라 유리 잔도를 걷게 되었다. 아래를 내려다보니 수직 절벽인데 끝이 보이지 않았다. 갑자기 현기증이 일어났다. 난간이 있는 쪽을 피해 안쪽으로 조심스레 걸었다. 군대에서는 유격훈련도 거뜬히 받았거늘 고소공포증이 있다는 걸 그때 확실히 알았다. 관광객들의 걷는 모습을 보니 천태만상이다. 눈을 감고 바위를 더듬으며 걷는가 하면 어떤 사람은 무릎으로 기어가는 사람도 있다. 나보다 더 심한 공포를 느끼는 사람들임이 분명했다. 나이가 들어가며 공포와 두려움 그리고 불안이 더 많아지고 커지는 것일까?

　나뭇잎이 떨어지는 스산한 가을날이다. 학교가 있는 마을로 가려면 큰 고개를 하나 넘어야 한다. 가을이 깊었는지 산속의 나무들은 짙은 갈색으로 옷을 갈아입었다. 조금은 차가운 가을

바람을 맞으며 길을 재촉했다. 비포장 길은 지난여름에 내린 비로 인하여 흙이 빗물에 씻겨나가 자갈길이 되어 있었다. 한참을 걸었는데 오고 가는 사람도 차도 없다. 산 중턱을 조금 지났을 때쯤에 멀리 사람의 모습이 보였다. 앞에 걸어가는 사람의 정체가 궁금했지만, 선뜻 뒤를 따라잡지 않았다. 내가 뒤쪽에서 크게 인기척을 냈지만, 그는 뒤도 안 돌아보고 느린 걸음으로 앞으로 걷기만 하였기 때문이다.

인기척을 무시하고 걸어가는 건장한 체구의 저 사나이는 무엇을 하는 사람일까? 어디로 갈까? 나와 마주치게 되면 어떤 상황이 벌어지게 될까? 의문스러운 생각들이 꼬리를 물자 두려운 마음이 고개를 내밀었다. 갑자기 겁쟁이가 되었다. 용기를 내어 앞에 가고 있는 사람을 추월하기로 마음을 다잡았다. 알 수 없으니 돌멩이를 두 손에 쥐고 거리를 좁혀나갔다. 드디어 그 남자의 옆을 빠르게 지나치려는 순간 그가 고개를 획 돌렸다. 순간 나는 숨이 멎는 것 같은 전율을 느꼈다. 그렇게 일그러져 흉한 얼굴 모습은 사진에서조차 볼 수 없었던 얼굴이다. 만약 심장이 약한 사람이었다면 그 자리에서 졸도하고도 남았을 것이다. 꽁지가 빠지게 달아나다시피 하여 고개를 넘었다. 뛰는 가슴이 쉽게 진정되지 않았음은 물론이다.

다음 날 학부모의 회갑 잔치에 초대받아 참석하였다. 안내받은 자리를 보는 순간 깜짝 놀랐다. 어제 고갯길에서 마주쳤던 그 사나이가 앉아서 식사하고 있었다. 나를 알아봤는지 어제 놀라게 해서 미안하다고 했다. 그와 마주 보고 앉아서 식사하였다. 술기운인지는 몰라도 자기 생활의 자초지종을 이야기하는데 그는 오늘 주인공의 가까운 친척이라고 하였다. 얼굴이 일그러진 것은 심한 화상 때문이라고 하였고, 평소에는 마스크를 쓰고 다녔는데 고갯길에 숨이 차서 벗게 되었다고 말했다. 어제 있었던 공포의 순간은 그를 다시 만나게 되면서 자연스럽게 사그라졌다. 아마도 그분은 얼굴 때문에 사회생활을 하며 많은 상처를 받을 것이란 생각이 들었다. 지금은 의술이 발달하여 성형수술을 할 수도 있겠지만 1970년대에 성형수술이란 단어는 들어보지도 못했다. 그분과 헤어지며 악수하였다. 사람의 겉모습만 보고 평가해서는 안 된다는 평범한 진리를 다시금 깨닫게 한 시간이었다.

세상에서 가장 무서운 것은 무엇일까에 대해 생각해 보았다. 오래전이지만 「월하의 공동묘지」, 「드라큐라」와 같은 공포영화를 볼 땐 무서움을 느끼지 않고, 그냥 재미로 보았다. 영화는 가상의 사건을 영상으로 만들었다는 선입견이 있었기 때문일 것이다. 인간의 생명을 위협하는 강력한 지진이나 해일, 태풍 등 인간의 힘으로는 도저히 막을 수 없는 자연현상에 놀라기는 하나 내 주변에서 일어나지 않으면 전혀 공포를 느끼지 못한다. 인류를 멸망시킬 수 있다는 군사 무기도 사용되지 않는 한 무서워할 필요가 없다. 그렇다면 공포란 어디서 어떻게 온단 말인가라는 의문점에 도달한다. 나를 중심으로 주변의 모든 장소에 공포의 그림자가 숨겨져 있다. 다만 공포의 실체가 드러나지 않고 있을 뿐이다.

가장 무서운 공포의 대상은 인간의 마음이라고 생각된다. 마음속에 자리 잡았던 잔인함이 밖으로 뛰쳐나와 세상을 놀라게 하는 사건을 접할 때 소름이 돋는다. 내가 담임했던 2학년 어린이는 얼굴이 예쁘장하고 학력 수준도 높았다. 그런데 이 어린이의 이야기는 90% 이상이 모두 거짓말이다. 아이의 부모가 이혼했는데 현재는 아버지와 생활하고 있었다. 생모와는 한 달에 한 번씩 서울에서 만난다. 어느 날은 얼굴부터 시작해 몸 전체가 매 맞은 흔적을 보여 몹시 마음이 아팠다. 그 아이와 아버지를 상담해 본 결과 거짓말의 원인은 부모의 이혼으로 발생한 여러 가지 불안과 두려움 그리고 체벌하는 아버지에 대한 공포가 누적되어 나타난 것이었다.

걱정이 불안이 되고, 불안이 쌓이면 두려움이 되며, 두려움은 공포로 이어진다. 사람은 태어나면서부터 불안한 존재다. 지구상의 모든 사람은 불안한 마음을 안고 살아간다. 예를 들면 각종 시험을 앞두고 걱정하며, 자신에게 주어진 일에 대한 걱정, 주체 못 할 스트레스 등을 걱정하며 좌불안석이 된다. 두려움은 실업, 질병, 실패 등으로 불안한 미래를 걱정함에서 온다. 문제는 자기도 모르는 사이에 두려움으로 고통받게 된다는 사실이다. 공포는 전쟁, 죽음, 재난, 치명적인 바이러스 등 두려운 마음의 상태가 최고조에 이를 때 찾아온다. 공포는 결국 무서움이 아니겠는가. 자신의 안전이 위협받을 때 무서운 공포가 찾아든다. 그러나 공포는 자신이 살아있다는 증거이므로 잘 관리해야 한다.

어떻게 하면 불안과 두려움과 공포에서 벗어날 수 있을까? 불안, 두려움, 공포는 모두 기분 현상이다. 운명처럼 받아들여 뒤로 물러서지 않고 당당하게 맞서야 벗어날 수 있을 것이다. 맞서지 않으면 병으로 발전하여 더 큰 고통을 감내해야 한다. 맞설 것인가 말 것인가에 대한 선택은 오직 자신만이 결정할 수 있다.

2017년 겨울

▲ 내 것이 아닙니다

꿀이 넘쳐흘러 장식장은 엉망이 되어 있었다.

토종꿀을 한 병 가지고 있었는데 동료 선생님이 꿀이 꼭 필요하다고 하였다. 새 꿀을 구해서 주겠다는 언약을 받고 선뜻 내주었다. 마침 학부모 한 분이 토종벌을 키우기에 학생 편에 꿀을 사겠다는 의사를 전달했다. 다음 날 학생은 꿀이 담긴 4홉짜리 병을 들고 왔다.

꿀이 넘쳤다는 이야기를 전해 듣고 학생의 아버지가 찾아왔다. 병을 살펴보더니 자기의 꿀 병이 아니란다. 자기는 병에다 표식을 해놓았는데 그 표식이 없으니 절대로 자기의 꿀이 아니라는 것이다. 황당한 이야기에 말문이 막혔다. 집에는 여러 개의 꿀 병이 있는 것도 아니고, 학생이 가지고 온 단 한 병이 있을 뿐이다. 더 이상 대화가 통하지 않았다. 내 것이 아니라는 말을 남기고 걸어가는 뒷모습을 바라보았다.

한때 베스트셀러였던 책『내 것이 아닙니다』는 암 환자였던 남편이 세상을 떠난 후에 부인이 지난날을 회고하며 집필한 책이다. 대학교 때 운명적인 만남을 시작으로 행복했던 연애담과 아름다웠던 17년간의 부부생활, 그리고 남편과의 사별 등에 관한 이야기로 구성되어 있다. 그릇을 좋아해서 집의 장식장에 잔뜩 모아두었던 접시들과 예쁜 그릇들, 그리고 명품 가방들이 남편을 지키고 있는 병실에선 아무런 필요가 없으니 내 것이 아니라고 생각한다. 집안의 예쁜 수집품뿐만 아니라 언제까지 자기를 지켜주고 빛나게 해 줄 거라 믿었던 사랑하는 남편도, 남편 사이에 태어난 아이들조차도 내 것이 아니라 잠시 나에게 준 선물이라고 이야기한다. 이 작가가 참으로 어려운 환경을 겪지 않았다면 내 것이 아니라는 생각의 관점은 달라졌을지도 모를 일이다.

내 것이 아닌데 내 것으로 만들겠다는 사람들이 있다.

오래전에 시골에 사는 친구의 부친상에 서울 사는 친구가 문상을 왔었다. 고인에 대한 예를 마치고 방에서 친구와 소주잔을 기울이며 이야기를 나누었다. 얼마의 시간이 흐르고 자리에서 일어났는데 신발이 없어졌다. 온 집안을 다 찾아보아도 보이는 것은 봉당에 검은 고무신 한 켤레가 주인을 기다리고 있을 뿐이다. 비싼 구두를 사서 몇 번 신지 않았다며 당황스러워했다. 검정 고무신을 신고 서울로 가야 할 판이다. 순간 머리를 스치는 한 사람이 있었다. 나는 친구를 대동하고 어두운 밤길을 걸어서 그 사람의 집으로 갔다. 대문이 열려있어 들어가 보니 친구의 구두가 댓돌 위에 나란히 놓여있었다.

"아니 내 구두가 왜 여기에 있지?"

친구가 한 말이다. 검은 고무신과 교체하고 그 집을 나왔다. 내가 아니었다면 범인은 다음 날부터 번쩍이는 구두를 신고 온 동네를 자랑스럽게 활보했을 것이다. 그 사람은 구두가 내 것이 아닌데 내 것으로 만들기 위해 신고 갔으니 절도범이다.

교무실에서 한 통의 전화를 받았다. 통화의 요지는 이곳 학교의 여자 교장 선생님이 정년퇴임을 하는데 홀로 사는가에 대한 문의였다. 전화한 이유를 물으니 우물쭈물 대답이 시원치 않다. 사기극을 벌이려는 자가 틀림없다고 단정을 지었다. 당시에 교육공무원이나 군인이 퇴직하면 사기 대상의 1순위로 표적이 된다는 말이 있었다. 사회 물정을 잘 모르니 퇴임의 순간을 노려 온갖 감언이설을 동원하여 퇴직금을 탈취한다는 것이다. 대상이 정해지면 이번에는 자기 몫이라고 서로 싸움까지 한다니 대단히 못된 족속들이다. 이 사기범은 자기 것이 아닌데 내 것으로 만들기 위해 또 다른 범행 대상을 물색하고 있을 것이다.

세상 살다 보면 내 것인 것이 있고, 내 것이 아닌 것도 있다. 엄밀히 따지고 보면 본래 내 것은 없었다. 세상에 태어날 때 내

것이 있었는가? 생을 다하고 세상을 떠나면 내 것이 존재하는
가? 모든 것들은 잠시 내 곁에 머물다가 어느 날 소리 없이 떠
나간다. 이 때문에 사람들은 공수래공수거를 이야기한다. 다만
사회생활을 하다 보니 내 것으로 만들어진 물질적인 것과 정신
적인 것들이 나를 찾아오는 것이다. 내 것이 아닌데 내 것이라
고 하고, 분명 자기 것인데 아니라고 시치미 떼는 사람들도 있
으니 인간의 마음은 알 수 없다.

내가 소유한 모든 물질적인 것들을 내 것이라고 한다. 틀린
말이 아니다. 사람들은 살기 위해 내 것을 만들어야 한다. 내
것이 없다면 얼마나 삭막한 삶이 되겠는가. 그래서 더 많은 것
을 얻기 위해 땀을 흘리며 일한다. 그런데 물질적인 것을 쫓다
보면 버려야 할 것들을 잊어버린다. 마음속에 자리를 잡아 떠
나지 않는 것이다. 따라서 물질적 풍요로움이 꼭 자기 삶을 행
복하게 만드는 것은 아니다. 성취욕에 빠져 잠시 기쁨을 맛볼
뿐이다.

마음속에는 내 것이 아닌 버려야 할 것들이 쌓여있음을 잊어
서는 안 되겠다. 근심과 걱정, 불안과 초조함, 불평과 불만, 시
기와 질투, 탐욕스러움과 이기심, 불신 등은 모두 삶의 과정에
서 얻었기에 본래 내 것이 아니었으므로 버려야 할 대상들이
다. 그렇다면 과연 어떤 것들이 내 것이어야 하는가에 대한 답
은 쉽게 나온다.

타교로 전출하여 몇 년의 세월이 흘러갔다. 어느 날 퇴근하여 상점으로 물건을 사러 걸어가다가 깜짝 놀랐다. 절대로 내 꿈이 아니라고 했던 사람이 다리 위를 걸어오고 있었다. 사람의 인연이란 참으로 묘하다. 다시는 만나지 못할 인연이라 생각하고 있었는데 또다시 만나게 되었다. 딱히 할 말은 없었지만 아는 체를 하니 몹시 놀라는 기색이다. 약초를 캐러 다닌다고 했다. 이 사람 덕분에 '내 것이 아니다.'라는 명제를 가지고 살아왔으니 감사해야 한다.

지나온 세월 뒤돌아보니 바쁘게 살아온 생활 속에는 내 것을 만들기 위해 노력한 흔적들이 쌓여있다. 내 인생은 모두 나의 것이 아니다. 따라서 물질적인 것은 함께 어울려 살아가는 세상이니 서로 나누고, 정신적인 것은 취사선택의 묘를 살려야겠다. 세상만사 종국에는 내 것이 아니라는 평범한 진리를 이제야 깨닫게 되다니…….

2021년 봄

🌲 주인을 찾습니다

등굣길에 비가 내린다.

아이들은 우산을 쓰고 재잘거리며 운동장을 가로질러서 교실로 간다. 줄기차게 내리던 비가 오후가 되니 그쳤다. 다음 날 아침에 보니 우산꽂이에 여러 개의 우산이 있었다. 주인을 찾아줄 요량으로 하나씩 우산을 들었다.

"이 우산은 누구의 것이냐?"

주인이 나타나지 않는다. 분명 어제 비가 올 때 쓰고 온 우산인데 주인은 나타나지 않고 서로의 얼굴만 쳐다본다. 원인 분석을 해보면 자신이 쓰고 온 우산을 모르거나, 주변 친구들에게 놀림의 대상이 될 수도 있겠다는 마음 때문에 모른 척하는 거라고 결론을 내렸다.

땅거미가 내리는 저녁녘이다. 한 여자아이가 현관 앞에서 울고 있었다. 자초지종을 물으니 엄마가 우산을 찾아오라고 하여

왔는데 문이 잠겼다는 것이다. 잠금장치를 풀어주니 우산을 들고 나와 씩씩하게 집으로 간다. 그 아이가 우산을 찾기까지 마음의 변화를 생각해 보았다. 앞으로는 자기 물건 챙기는 일을 소홀히 하지 않을 것이다. 그 아이의 엄마는 자녀에게 산 교육을 한 것이다.

근처에 사는 친구와 초등학교에 다니던 아이들을 이끌고 봉의산을 올라갔다. 뒤처져 내려오던 아이들이 소리친다. 돈이 수북하게 쌓여있다는 것이다. 뒤돌아 가서 보니 100원짜리 동전은 없고 10원과 50원짜리 동전이다. 누군가 절도를 하여 이곳에 버렸으리라 생각했다. 비닐봉지에 싸서 들고 와서는 작은 아이에게 파출소에 가져다주라고 하였다. 시간이 많이 지났는데도 오지 않아서 연락했더니 동전을 세고 있다는 것이다. 1년 후에는 주인을 찾지 못하니 와서 돈을 찾아가라고 하였다.

복잡한 사회에서 사람이 살다 보면 소지했던 물건을 잃어버리는 경우가 있다. 물건만이 아니라 사람도 잃어버리는 세상이다. 잃어버린 우산을 찾아간 아이와 습득한 돈을 파출소로 가져간 아이는 그 기억이 평생토록 가슴에 남을 것이다.

　핸드폰이 없어졌다. 전화를 거니 남자의 음성이 들려왔다. 택시 운전기사다. 뒷좌석에 탔던 젊은이가 발견하고 주인을 찾아주라고 하였단다. 감사할 뿐이다.

2021년 봄

🌲 우주 산책

수필 문학 춘천작가회에서 경기도 포천으로 문학기행을 떠났다. 꽃향기 가득했던 봄을 뒤로하고 여름의 시작을 알리는 신록의 계절 6월이다. 차창으로 스쳐 지나가는 산과 들은 온통 녹색으로 시원스레 갈아입었다. 작은 동산 기슭에 자리 잡은 「아프리카 예술박물관」을 관람하고, 다음으로 찾은 곳은 「포천 아트밸리」였다.

「포천아트밸리」는 버려진 채석장을 문화와 예술 공간으로 만들어 관광객을 맞이하고 있었다. 가까운 거리였지만 위쪽으로 올라가려면 경사도가 심하여 일행은 모노레일을 탔다. 먼저 눈에 들어온 것은 천문과학관이다. 이 시설은 포천시에서 건립하여 운영하는데 2014년에 개관하였다. 3층으로 된 건물인데 로비에 들어서니 1층부터 전시실이다. 우주과학과 관련된 다양한 자료들이 잘 전시되어 있었다. 3층에는 천체투영실과 과학

체험 교실이 있고, 옥상에는 천체관측 시설이 마련되어 있으니 학생들에게는 훌륭한 과학학습 공간이 될 것이다. 이 과학관을 둘러보며 새삼 뇌리를 스친 것은 현직에 있을 때 우주와 관련된 청소년단체를 운영했던 일이다.

우주정보소년단 지도교사였던 나는 강원도의 초·중등학교 단원들을 이끌고 1996년 1월에 일본 스페이스 캠프에 참가하였다. 이 캠프에는 전국에서 지도교사를 포함하여 75명이 참가했다. 캠프 장소는 북규슈 후쿠오카현 기타큐슈시에 있는 스페이스 월드였다. 1990년 문을 연 스페이스 월드는 미국의 스페이스 재단과 라이선스 계약을 맺어 운영하는 일본 최초의 우주 체험 학습시설이다. 이 캠프에서는 NASA에서 실제로 우주비행사의 양성과정에 사용하는 것과 똑같은 기기로 우주비행을 체험할 수 있는 프로그램을 운영한다. 모든 과정에서 전문적인 교사와 합숙 생활을 하면서 학습을 하는데 주된 내용은 우주선 조작훈련, 우주비행 기구 훈련, 우주기기 훈련, 컴퓨터 교육 등이다.

입소하는 첫날이다. 실제와 똑같은 규모로 만들어졌다는 우주선 디스커버리호가 먼저 우리를 맞이했다. 이번 캠프는 일본 학생들과 함께하게 되었는데 입소 절차를 마치자 저녁 식사 시간이 되었다. 우리 학생들은 배식을 기다리는 긴 줄에서 소란스럽게 떠들며 장난을 치고 있었다. 말없이 차례를 기다리는 일본 학생들에게는 큰 구경거리로 원숭이 보듯 시선을 주고 있었다. 단원들에게 나라 망신시키지 말자며 속상한 마음을 전했다. 매년 비싼 캠프 비용을 지불하고 외국에서 개최되는 우주 캠프에 참가하여 무엇을 배워온단 말인가? 그 당시만 해도 한국에는 마땅한 체험학습 시설이 없었기에 방학 기간에 미국, 러시아, 호주, 이스라엘, 일본 등으로 우주 체험학습을 떠났다.

캠프가 끝날 때까지 지도교사들은 할 일이 없다. 무료함을 달래기 위해 미니버스를 전세하여 관광하기도 했지만, 대부분은 숙소에 머물러야 했다. 주최 측에서는 야외 우주 체험시설을 이용하라고 자유이용권을 주었다. 인천에서 온 교사와 함께 숙소를 나섰다. 다양한 체험시설이 있었는데 모두가 우주와 관련이 있었다. 최초로 천체 관측용 망원경을 만든 갈릴레오 갈릴레이Galileo Galilei 관에서는 단 두 사람을 위해 기기를 작동시켜 주었다. 롤러코스터 타는 곳으로 갔는데 일본 여학생 두 명이 대기하고 있었다. 잠시 기다리니 시간이 되었다며 타라고 한다. 일본 남녘에서 겨울바람을 맞으며 잠시 아찔함을 즐겼다. 만약 우리나라에서 이런 상황이라면 어땠을까 잠시 생각해보았다.

이 모든 시설을 운영하는 데는 매년 많은 적자가 난다고 한다. 그렇지만 일본은 적자를 감수하고 미래를 위해 투자를 계

속한다는 것이다. 우주 시대를 대비하여 또 다른 내일을 준비하는 모습을 보고는 앞서가는 국가임을 실감할 수 있었다. 부러운 마음을 간직한 채 일본 캠프를 마치고 입국하였다. 현재 우리나라의 우주산업 경쟁력은 미국의 40분의 1, 일본이나 중국의 4분의 1 수준에 머무는 걸음마 단계라고 한다. 늦은 감은 있으나 2009년에 나로우주센터 우주과학관이 문을 열어 청소년들에게 꿈과 희망을 심어주고 있다.

나는 어렸을 때 친구들과 어두운 밤에 개울가에 자리를 펴고 누워 은하수와 별들을 보며 앞날에 대한 꿈을 이야기했다. 수많은 별의 반짝거림은 참으로 장관이었다. 별을 세다 잠이 들었다. 세파에 밀리다 보니 앞만 보며 살아왔다. 나만 그런 것이 아니고 생계를 위해 허덕이는 많은 현대인이 그렇다. 우리는 우주에 살면서 우주를 잊고 살아가니 안타까운 일이다.

신비로움으로 가득한 우주에는 수많은 은하수와 별들이 생성과 소멸을 계속하고 있다. 광대한 우주에서 보면 지구는 암흑 속의 한 점이다. 멀리 떨어진 행성에서 빛이 지구에 도달하려면 수억 광년이 걸릴지도 모른다. 빛이 1년 동안 나아가는 거리를 1광년이라고 한다. 빛은 1초에 약 30만km를 나아가므로, 1광년은 약 9조 4,700억km의 거리가 되는 셈이다. 태양계가 속한 은하계의 크기는 지름이 대략 10만 광년이라고 한다. 우주를 논하려면 천문학적인 숫자들을 동원해야 한다. 우주에 대해 궁금한 것이 많은 인간은 베일에 싸인 대우주 탐험을 위해 오늘도 도전을 계속하고 있다.

이제는 퇴임하여 한가한 생활을 하고 있지만, 마음은 항상 잊히지 않는 영원한 동심으로 살아간다. 나는 어린 시절을 시골에서 보냈다. 6·25전쟁의 상처가 아물지 않은 시절의 교통기관은 꼬불꼬불 비포장도로를 달리는 산판 트럭들이 대부분이었다. 도시를 가려면 버스가 없어 사람이 타면 안 되는 포장쳐진 쓰리 쿼터(¾톤)를 이용했다. 시골 아이들은 이따금 하늘 높이 날아가는 비행기를 보며 안 보일 때까지 하늘을 응시했다. 아이들은 저마다 비행기에 대한 얕은 지식을 이야기했고, 종이비행기를 접어 날리며 비행기 노래를 불렀다. 그리고 비행기를 타는 꿈을 꾸었다. 어린 시절 내가 비행기에 대한 꿈을 꾸었듯이 오늘날의 어린 꿈나무들은 항공우주에 대한 꿈을 꾸고 있을 것이다.

우주는 우리 인간에게 어떤 의미로 다가올까? 시인 안도현은 우주를 이렇게 표현했다. '잠자리가 원을 그리며 날아가는 곳까지가 / 잠자리의 / 우주다 // 잠자리가 바지랑대 끝에 앉아 조는 동안은/잠자리 한 마리가/우주다.' 맞는 말이다. 내가 존재하는 바로 이곳은 나의 우주다. 내가 있는 곳이 우주의 중심이니 내가 우주의 주인이다. 가끔은 나의 우주를 만들기 위해 어둠 속에 빛나는 별들을 보고, 푸른 하늘도 보며 우주를 산책하자.

일본 우주 캠프를 다녀온 두 여학생은 등교하면 매일 비닐봉지를 들고 학교 앞 도로변으로 나가 쓰레기를 줍고 있었다. 그들의 마음속에는 작지만 아름다운 우주가 담겨있다.

2018 여름

🌲 다낭의 바나힐을 오르다

　가을이 시작되는 계절에 가족들과 베트남을 찾았다. 다낭 공항에서 호텔 버스로 남쪽을 향해 약 40분을 달리니 호이안시가 나타났다. 비가 내린 탓일까 호아이강은 흙탕물이 흐르고 있었다. 숙소인 호텔에 도착하여 짐을 풀었다. 손자와 손녀는 재빠르게 호텔 뜰에 마련된 수영장 물로 뛰어들었다. 비행의 여독이 풀린 다음 날은 베트남 음식 만들기 체험을 하였다. 열심히 많이 만들었지만, 입에 맞지 않아 다 먹지 못하고 대부분을 남겼다.

　여행 3일째 되는 날은 다낭의 대표적인 관광명소인 국립공원 바나힐Ba Na Hills의 썬 월드Sun World를 찾기로 했다. 아침 7시에 렌터카 기사가 차를 몰고 왔다. 다낭 시내를 지나니 바나힐로 향하는 도로는 곧게 잘 정비되어 있었다. 우리나라 같으면 자동차들이 속력을 낼 만도 한데 젊은 운전기사는 시속 60km를 끝까지 유지했다. 주차장은 각종 자동차로 가득했다. 한국

여행사의 대형버스도 여러 대 보였다. 이곳 다낭을 찾는 한국 여행객들이 많다는 말은 들었는데 현지에 가보니 실감할 수 있었다. 가난에 찌들어 어렵게 살아가던 한국 사람들이 이제는 자기 삶을 누리기 위해 여행을 떠난다.

해발 1,487m의 바나힐을 바라보니 구름이 온 산을 뒤덮고 있었다. 걸어서 케이블카를 타는 역으로 향했다. 영어, 중국어, 베트남어, 한국어 등이 뒤섞여 시끌벅적하다. 길게 늘어선 줄을 보자 한참을 기다려야 될 거라고 생각했는데 기우에 지나지 않았다. 순식간에 탑승 차례가 왔다. 이곳 케이블카는 다섯 개 라인으로 한 시간에 무려 7,500명의 손님을 태울 수 있다고 한다. 케이블카는 산 정상으로 향하는데 짙게 피어오르던 구름은 태양을 보자 서서히 속살을 드러내기 시작했다. 창 너머로 남녘의 아름다운 경치를 감상하고 있는데 멀리 산 정상 쪽에 거대한 손이 보였다. 바나힐의 명물 골든 브릿지다.

케이블카에서 내린 역은 골든 브릿지와 연결되어 있었다. 골든 브릿지는 해발 1,000m에 설치된 보행자 전용 다리다. 손을 배경으로 사진을 찍으려는데 쉽지 않다. 인파에 밀리며 150m나 되는 다리를 지나갔다. 이 다리는 2018년 6월에 공개되었으며 바나힐의 전설을 모티브로 만들었다고 한다. 먼 옛날 천상의 세계로 오르려는 사람에게 산신이 나타나서 금띠를 내주며 타고 오르도록 인도해 주었다고 전한다. 그 금띠가 바로 골든 브릿지(금빛 다리)라는 것이다. 거대한 손은 황금색의 끈을 쥐고 있는 신의 손을 형상화하였다고 전한다. 개장 1년도 안 되어 세계적인 명소로 이름을 알렸으니 다리를 설계한 사람의 창의력은 참으로 놀라웠다.

아홉 개의 주제로 구성된 꽃 정원을 돌아보고 프랑스 마을로 향했다. 고풍스러운 건축물들은 중세유럽의 색채를 띠고 있었다. 프랑스 식민지 시절에 무더운 날씨를 피하고, 휴양하기 위해 만들어졌다고 한다. 당시 프랑스인들은 지하에 와인 창고까지 만들어가며 생활을 즐겼다. 골목길을 걸으며 여러 건축물을 감상했다. 이 건물들을 지을 때 참여한 사람들은 아마도 베트남 사람들일 것이다. 지배자의 강요로 노동을 착취당하며 공사에 임했을 당시의 모습을 상상해 보았다. 나라를 빼앗겨 힘없는 피지배자들은 언제나 배고팠으며 고통을 감내해야 한다는 사실을 우리나라   의 식민역사는 증명하고 있다. 다낭과 호이안을 어떤 이유로 찾는지는 몰라도 프랑스인 여행객들이 많다고 한다. 어쩌면 그들은 그곳에서 지난날 식민 시대를 반추(反芻)하고 있을지도 모를 일이다.

음식을 판매하는 식당들이 여럿 있었는데 우리 가족은 일식당에서 점심을 먹었다. 향료와 기름진 음식이 맞지 않아 찾은 곳인데 손님 대부분이 한국 사람들이다.

　바나힐은 썬 월드라는 기업이 관광객 유치를 위해 관광명소로 만들어가는 중이란다. 경제적 이윤을 창출하기 위해 연중맥주 축제, 할로윈 축제, 겨울 축제, 꽃 축제 등이 열린다고 한다. 손주들을 위해 판타지 파크Fantasy Park를 찾았다. 실내놀이터로 여러 놀이기구를 탈 수 있도록 만들어져 있었다.

　바나힐에서의 하루는 볼거리가 다양하여 지루하지 않았다. 일정을 마치고 하산하는 케이블카에 몸을 실었다. 100m가 넘을 듯 암벽을 타고 내리는 폭포가 인상적이었다. 산에서 내려오며 새롭게 웅비하는 베트남을 생각해 보았다.

　사실 한국과 베트남은 비슷한 점이 많다. 외세 침략에 따른고난의 역사와 온화한 국민성, 불교와 유교가 중심을 이루었던종교, 쌀을 주식으로 하는 식생활까지 닮은꼴이다. 약 1,000년간 중국의 지배하에 있었으며 94년간 프랑스의 식민지로 살았고, 30년 동안이나 독립전쟁을 치른 민족이다. 외세 침략의 역사가 절반을 넘는다 해도 과언은 아닐 것이다. 베트남은 중국, 몽골, 프랑스, 일본, 미국 등 외세의 침공에 대항해 싸워 모두 이긴 역사를 가지고 있다. 따라서 베트남인들은 지금 큰 자신감과 자부심을 품고 미래를 설계한다.

베트남은 우리나라와 깊은 인연이 있다. 미국의 파병 요청으로 1964년부터 1973년까지 우리나라는 30만 명이 넘는 군인들을 베트남에 파병시켰다. 서로에게 피를 흘리게 했던 전쟁은 참혹한 상처를 남겼다. 베트남 국민에겐 지울 수 없는 아픈 기억을 남긴 전쟁이다. 베트남 사람들의 측면에서 보면 한국은 그들의 동족을 살해한 원수의 나라로 보일 텐데 이상한 점은 한국인에 대한 거부감이나 적대 감정이 없다는 것이다. 아이러니하게도 파병의 대가는 우리나라의 1960년대 경제개발 정책에 큰 밑거름이 되었고, 전쟁 후에는 경제 특수로 이어져 두 나라의 경제발전에 견인차 구실을 하고 있다. 젊은 청춘들이 머나먼 이국땅에서 피 흘리며 죽음으로써 만들어진 값비싼 대가라고 말한다면 억설일까?

누구도 모를 일은 아직 남아있다. 베트남이 선진국으로 도약하고 민주화가 이루어지면 그들은 베트남전쟁이 남긴 역사의 문제를 새로 정립하려 들지 모를 일이다.

여행이 끝나는 전날 밤에 호이안의 야시장을 찾았다. 1999

년 유네스코 세계문화유산으로 등재된 옛 도시의 야시장은 수많은 인파와 행상인들이 골목을 메우고 있었다. 스쳐 지나가며 들리는 목소리의 주인공들은 대부분 한국인이다. 물건을 판매하는 상인들은 세련되지 않은 짧은 한국어로 호객을 하였고, 가격 흥정에서도 한국어로 응대했다. 방문 기념으로 혁대를 하나 샀다.

베트남은 미래가 밝은 젊은 국가다. 30세 미만의 인구가 약 60%를 차치한다고 하니 우리로서는 부러움의 대상이다. 호이안시에서 노인을 보는 것은 가뭄에 콩 나듯 했다. 10년 전에 베트남의 수도 하노이를 여행할 때 들은 이야기가 새롭게 떠오른다. 1,000년 전 하노이는 떠오르는 용이라는 뜻의 '탕롱昇龍'으로도 불렸다고 한다. 남북으로 길게 늘어선 국토는 풍부한 지하자원과 아름다운 자연환경, 젊은 인적자원이 풍부하기에 전국이 탕롱을 꿈꾸며 비상 중이다.

9월부터는 우기의 시작이라 걱정했는데 여행 기간에는 날씨가 좋아 즐거운 여행이 되었다. 더군다나 가족들과 함께한 여행이었기에 의미를 더한다. 다낭 공항을 이륙한 비행기에서 남중국해의 푸른 바다를 품에 안고 세계인을 불러들이는 다낭 시가지를 내려다보았다.

2019년 봄

🌲 장가계 여정

〈1〉 여행의 시작

　인천 공항을 떠나 중국 후난성에 있는 장사 공항에 내린 시간은 새벽 2시가 다 되어서였다. 입국 절차를 마치고 일행은 인솔 가이드를 만났다. 공항을 빠져나오니 대륙의 훈풍이 코끝을 스쳤다. 야릇한 감정이 밀려왔다. 숙소로 향하는 버스는 장사시를 흐르는 상강을 건너고 있었다. 인구 700만 명의 도시 장사시의 밤 풍경을 차창 너머로 음미하다 보니 어느새 버스가 숙소에 닿았다. 여행 일정에 장가계를 가기 위해선 이곳 장사에서 1박을 하게 되어 있었다.

　우리 일행은 고등학교 동창생들로 졸업한 지 45년이 지나서 함께 여행을 떠나왔다. 자세히 보지 않아도 동창생들의 얼굴과 이마에는 주름이 파이고, 머리에는 백발이 날리고 있다. 지

나온 세월의 흔적이 그곳에 기록되어 있었다. 우리는 짐을 정리하고 먼 옛날의 학창 시절로 돌아가 친구들의 이름을 부르며 소주잔을 기울였다. 지나온 인생길에서 겪었던 희로애락의 이야기가 쏟아져 나왔다.

아침이 되자 어둠에 묻혔던 장사시가 모습을 드러냈다. 3,000년의 오랜 역사를 지닌 장사시는 상업과 공업의 발달로 후난성의 경제중심지가 되었다고 한다. 고층 빌딩들이 높이 솟아 있고, 수많은 자동차는 길을 메우고, 행인들은 바쁘게 움직이고 있었다. 약동하는 중국의 모습 뒤에는 아픔도 있다고 한다. 중국 언론이 선정한 '가장 컬러풀한 강'으로 상강을 뽑았다고 한다. 상강의 하천들이 급속한 산업화로 자연환경이 크게 오염되어 일곱 빛깔 무지개색으로 빛난다는 것이다. 무색투명해야 할 하천의 물이 무지개색으로 빛나는 것은 심하게 오염된 정도를 빗대어 표현한 것이다. 물고기가 떼죽음을 당하는 강에서 유람선을 타고 노는 중국인들은 식수를 사서 마셔야 한다.

〈2〉 장가계

장사시를 뒤로하고 버스는 장가계로 향했다. 장사시에서 장가계까지는 350km인데 고속도로를 4시간 달려야 한다. 차창 너머로는 광활한 대지가 보였다. 기후가 온화하여 전답에서는 작물을 2모작이나 3모작을 한다고 한다. 우리나라에 중국 농산물이 넘치는 이유를 알 것 같았다. 드넓은 평야를 뒤로하고 높은 산들이 하나둘 보이기 시작했다. 가이드는 목적지에 곧 도착한다고 안내를 했다.

장가계는 후난성의 지급시이며 인구는 170만 명 정도라고 한다. 우링산맥의 중앙에 있으며, 중국에서 중요시하는 여행 도시 중의 하나라고 한다. 1982년에 장가계는 중국 제1호 국가삼림공원이 되었다. '장가계국가삼림공원'은 국립공원으로 원가계, 양가계, 황석채가 포함된다. 1992년에는 유네스코 세계자연유산으로 지정되어 유일한 특급 보호구역이 되었다. 중국인들이 죽기 전에 꼭 가보고 싶어 한다는 곳이 바로 장가계라고 한다. 명성을 얻어 국내외의 수많은 관광객이 찾아오는 중국의 신흥 도시다. 드디어 관광버스는 영상으로 보고 말로만 듣던 장가계에 도착하여 일행을 내려놓았다.

첫 번째 관광은 천문산이다. 천문산은 '장가계의 혼'이라고 불린다. 장가계의 산 중 역사에 가장 먼저 기록된 산으로 해발 1,518m의 장대한 산세와 하늘을 찌르는 봉우리가 일품이다. 도시 중심에서 천문산 정상까지는 총 7,455m로 케이블카로 갈 수 있는 세계 최장 거리이다. 순간 최고 속력은 초속 6m로 운행 시간은 약 30분이 소요되었다. 마치 땅과 하늘을 이어주는 것 같은 느낌이 들었다. 케이블카에서 내려다본 99곡 하늘길에는 소형 버스가 곡예를 하듯이 달리고 있었다.

케이블카에서 내리니 천문산의 귀신들도 울고 간다는 유리 잔도가 기다리고 있었다. 잔도 위에서 보는 아찔한 절벽과 웅장한 풍경은 가히 일품이었다. 고소공포증이 있어서일까 아찔함에 현기증이 나고 오금이 저리는 느낌을 받았다. 중국인들의 도전정신이 천 길 벼랑 위에 길을 냈으리라! 정신없이 걷다보니 끝이 보이기 시작하였다. 짧은 거리였지만 참으로 긴 시간을 이동한 것처럼 느껴졌다. 등줄기에서는 땀이 흐르고 있었다.

다시 잔도를 따라 천문산을 올랐다. 산의 암석을 위에서 아래로 뚫었는데 에스컬레이터로 한참을 이동하니 천문산 뒤편이 나왔다. 드디어 천문동이다. 확 트인 대지와 산들이 드넓게 펼쳐지고 있었다. 하산 길에는 천문산 999계단을 이용하여 주차장까지 내려왔다. 변화무쌍한 날씨는 세찬 바람과 함께 비를 뿌리기 시작했다. 하산을 준비하던 관광객이 비를 피해 먼저 버스에 오르려 다툼이 일기도 했다. 중국인들은 숫자 8과 9자를 매우 좋아한다고 한다. 때문에 천문산의 계단도 999개로 만들었나 보다. 어느새 소형 버스는 99곡 하늘길을 달리고 있었다. 심장 약한 분들은 아예 눈을 감고 차에 몸을 맡기고 있었다.

〈3〉 원가계

조금은 지친 몸을 이끌고 양가계를 거쳐 원가계로 향했다. 중국 시인 이태백과 도연명이 칭송하였던 원가계는 자연이 만든 한 편의 걸작처럼 보였다.

아름다운 절경에 정신을 잃는다는 '미혼대'와 아찔한 절벽을 연결하는 '천하제일교'는 원가계 풍경구의 백미다. 미혼대는 영화 '아바타'의 촬영지로 세상에 널리 알려져 있다. 죽순처럼 뻗어 오른 봉우리마다 기암괴석이 어깨를 겨루고 있었다. 전망대에서 풍경을 감상하노라면 저절로 마음이 비워진다. 장대하고 심오한 자연의 경지에 감탄사가 저절로 나왔다. 세계에서 가장 높은 그곳에 있는 자연 다리인 '천하제일교'를 만났다. 아래를 내려다보니 천 길 낭떠러지다. 협곡에 솟은 봉우리마다 바위 틈새에 뿌리를 내린 소나무들이 운치를 더해 한 편의 동양화를 보는 것 같았다.

우리나라의 설악산은 봉우리가 칠천이고, 금강산은 일만이천 봉이라 하는데 원가계는 금강산의 10배인 십이만 봉이라고 하니 입이 저절로 벌어진다. 십리화랑에서는 약 5km의 좁은 협곡 구간을 모노레일을 이용해 올라가며 원가계의 봉우리들을 아래에서 위를 보면서 십리병풍의 산수화를 감상할 수 있었다.

이 지역은 약 4억 년 전에는 바다였으나 지구의 지각운동으로 솟아올라 육지가 되었는데 석회질은 깎여 나가고 석영사암층만 남은 것이 현재의 모습이라고 한다. 오랜 시간 풍화작용과 자연붕괴 등을 거치면서 기기묘묘한 봉우리를 만들었다.

과거에는 길이 험하여 원가계에 올라가는 사람들이 거의 없었다고 한다. 지금은 엘리베이터를 타면 쉽게 산정에 올라갈 수도 있고 내려올 수도 있다. 세계 최대 관광용 백룡엘리베이터 덕분이다. 한 층밖에 없으나 높이가 335m에 달한다. 층수 대신에 높이가 표시되고 있었다. 오르내리며 절반가량은 밖의 경치를 감상할 수 있고, 초당 3m의 속도로 올라가는 데 1분 58초가 걸린다. 독일의 기술로 만들어졌다고 한다. 기상천외

한 생각이 바위를 뚫어 하나의 작품을 완성했다.

〈4〉 여행을 마치며

3박 5일의 시간이 바쁘게 지나갔다. 반 인공의 거대한 호수인 보봉호에서는 유람선을 타고 산수의 절경을 감상하였고, 대협곡에서는 아름다운 병풍화 속의 주인이 되기도 했다. 동굴 안에 수로까지 있는 아시아에서는 제일 큰 확룡동굴도 체험하였고, 천문산 아래에서는 인간 세상의 사랑을 갈망하는 여우와 시골 노총각의 사랑을 주제로 한 뮤지컬 형태의 공연도 관람하였다.

장가계의 모든 관광지는 중국 속의 한국인 듯 한국 사람들로 넘쳐나고 있었다. 길게 줄을 서서 기다려야 하는데 중국인 아니면 대부분 한국인이다. 장가계시의 많은 상점은 한국인을 대상으로 장사를 하고 있었다. 식당은 한국인의 입맛에 맞추고, 서툰 한국말로 호객을 한다. 장가계를 찾는 우리 관광객은 연 45만 명이나 된다고 하니 장가계의 경제를 이끄는 것은 한국인 덕분이라 하겠다.

장가계는 1년 365일 중에서 220일 이상은 비가 오거나 안개가 낀다고 한다. 거기다 평균 강수량이 가장 많은 5월임에도 날씨가 좋아 관광에는 지장이 없었다. 장가계 여행을 하며 아름다운 자연을 보고 경탄하였으나, 마음은 어느새 고국의 산천을 달리고 있었다. 웅장하거나 화려하지는 않지만 언제나 어머니의 품처럼 따뜻하고, 넉넉한 강산이 있어 행복함을 느끼게 된다.

장가계 여정에서 빠르게 발전하는 중국의 모습을 보았다. 서두르지 않고 최고를 만들어 가려는 중국인들의 대륙적 기질도 볼 수 있었다. 수많은 한국인이 중국을 찾듯이 중국인 또한 한국을 찾아오는데 그들에게 보여줄 것은 무엇인가를 생각해 보았다.

친구들과 우정을 나누며 보냈던 3박 5일의 일정에서 미지의 세상을 볼 수 있었기에 즐거운 여행이었다. 마음은 또 다른 세상을 찾아가고 있었다. 이른 아침에 인천 공항에 도착하니 낯익은 풍경들이 반기고 있었다.

2015년 여름

출간후기

평생을 자연과 어린이들 속에서 살아 온 가슴 따뜻한 삶 이야기

권선복
(도서출판 행복에너지 대표이사)

한반도는 70%가 산으로 덮여 있다고 합니다. 그렇기에 한반도의 사람들은 오랫동안 높은 산맥과 깊은 숲을 생활의 터전 삼아 자연과 공존하며 삶을 이어왔습니다. 물론 빠른 산업화와 개발로 이러한 과거의 흔적들은 점차 사라지고 있으나, 아직까지 자연과 공존하던 과거를 기억하는 세대가 바로 대한민국의 은퇴 세대일 것입니다. 그리고 이러한 은퇴 세대가 전해주는 자연과 인간의 공존에 대한 이야기는, 사회의 빠른 변화 속에서 자연의 이치를 점차 잊어 가고 있는 새로운 세대에게도 큰 삶의 지혜를 전달하여 주고 있습니다.

이 책 『숲에서 길을 묻다』는 아름다운 산과 호수로 둘러싸인 도시, 춘천에서 42년여 동안 교직에 몸담은 후 교장 선생님으로서 퇴직하고, 현재는 문화해설사, 숲해설사 등으로 활동하고 글을 쓰며 인생 2막을 펼쳐 나가고 있는 정재홍 저자님의 인생과 자연에 대한 따뜻한 수필집입니다.

숲속과 들판, 물속 등 우리 주변 모든 곳에서 펼쳐지고 있는 자연의 순환은 낭만적이고 아름답지만 동시에 치열한 약육강식의 세계이기도 합니다. 어릴 때부터 성장한 후에 이르기까지 깊은 산골마을에서 자연과 함께 살아가는 법을 배운 저자가 들려주는 이야기는 우리가 미물이라고 생각했던 식물과 동물들이 어떠한 지혜로 삶을 살아가고 있는지, 우리 역시 자연의 일원으로서 그 균형을 깨뜨리지 않는 삶을 살려면 무엇을 되새겨야 할지를 다시금 생각해보게 합니다.

또한 오랫동안 순박하게 살아온 산골동네 사람들, 산골동네 학교의 아이들과 함께 겪은 여러 일화들은 때로는 흥미진진하고, 때로는 눈시울을 적시게 하며, 때로는 우리가 세파 속에서 오랫동안 잃어버린 따뜻한 마음의 온기를 선사해줄 것입니다.

이번 『숲에서 길을 묻다』의 출간은 도서출판 행복에너지에서 2017년 에세이 『사랑과 긍정에너지』를 출간하신 바 있는 허남국 저자님의 추천과 이미지 사진 제공으로 아름답고 좋은 책을 만들 수 있게 되어 감사를 드립니다. 정재홍 저자님의 따뜻한 이야기로 많은 독자들의 가슴 속에서 긍정과 행복에너지가 팡팡 솟아나게 하기를 기원드리며 긍정의 힘으로 기운찬 행복에너지 마법을 걸어 보내 드리겠습니다.

'행복에너지'의 해피 대한민국 프로젝트!
〈모교 책 보내기 운동〉

대한민국의 뿌리, 대한민국의 미래 **청소년·청년**들에게 **책**을 보내주세요.

많은 학교의 도서관이 가난해지고 있습니다. 그만큼 많은 학생들의 마음 또한 가난해지고 있습니다. 학교 도서관에는 색이 바래고 찢어진 책들이 나뒹굽니다. 더럽고 먼지만 앉은 책을 과연 누가 읽고 싶어 할까요?
게임과 스마트폰에 중독된 초·중고생들. 입시의 문턱 앞에서 문제집에만 매달리는 고등학생들. 험난한 취업 준비에 책 읽을 시간조차 없는 대학생들. 아무런 꿈도 없이 정해진 길을 따라서만 가는 젊은이들이 과연 대한민국을 이끌 수 있을까요?

한 권의 책은 한 사람의 인생을 바꾸는 힘을 가지고 있습니다. 한 사람의 인생이 바뀌면 한 나라의 국운이 바뀝니다. **저희 행복에너지에서는 베스트셀러와 각종 기관에서 우수도서로 선정된 도서를 중심으로 〈모교 책 보내기 운동〉을 펼치고 있습니다.** 대한민국의 미래, 젊은이들에게 좋은 책을 보내주십시오. 독자 여러분의 자랑스러운 모교에 보내진 한 권의 책은 더 크게 성장할 대한민국의 발판이 될 것입니다.

도서출판 행복에너지를 성원해주시는 독자 여러분의 많은 관심과 참여 부탁드리겠습니다.

도서출판 **행복에너지** 임직원 일동